みつばの郵便屋さん

そして明日も地球はまわる

小野寺史宜

ポプラ文庫

Mitsuba's Postman 8

Onodera Fuminori

contents

みつばの郵便屋さん

Mitsuba's Postman

Onodera Fuminori

そして明日も地球はまわる

小野寺史宜

昨日の友は友

本田さん。斎藤さん。水谷さん。小川さん。千葉さん。佐々木さん。中野さん。東さん。

左に曲がって。

若林さん。多田さん。児玉さん。長谷川さん。武藤さん。島さん。河合さん。大塚さん。

配りつつ、走っている。赤と白、ツートンカラーのバイクで。穏やかな風のなかを。

四月一日。今日から僕もみつば郵便局九年めだ。異動してきたときは二十三歳だったが、もう三十一歳になっている。

一つの局に八年もいると、得た情報も増える。知り合いの人のそれも、知り合いではない人のそれも。

今配達したこの通りだけでもそう。端まで行って戻ってで、十六世帯。その人たちのことを、僕は大して時間をかけずにいろいろ思いだせる。

例えば、一軒めの本田《ほんだ》さん。

いきなり痛ましい話になってしまうが。本田香子《こうこ》さんは小さな息子さんを亡くしている。二人兄弟の弟。水の事故らしい。僕がこの局に来る前。夏の海水浴場でそうなってしまったという。

だから今は兄弟の兄、順樹《じゅんき》さんと二人で暮らしている。ダンナさんとはその事故がきっかけで離婚してしまったそうだ。

というそれは、確か、四軒先の千葉《ちば》さんから聞いた。

その千葉さんの一つ手前、小川《おがわ》さんのところにはおじいちゃんがいる。

小川栄《さかえ》さん。元プロのジャズミュージシャンだ。僕はよく知らないディキシーランドジャズ。そのクラリネット奏者だったという。

それはご本人から聞いた。

小川栄さんはいつも散歩の途中でみつば第二公園に寄る。一丁目の端の蜜葉川《みつばがわ》から海のほうへとまわり、そこで休憩《きゆうけい》するのだ。

同公園では僕も休憩するので、たまに会うことがある。それで何度か顔を合わせているうちに、声をかけてくれた。郵便屋さん、ご苦労さん。

ベンチに並んで座り、あれこれ話をした。そのときに聞いたのだ。

小川栄さん自身はもう引退しているが、同居する息子の努《つとむ》さんは現役のミュージシャンだという。楽器はトランペット。ジャズっぽい。まあ、ジャズマンのことなんて、普通の人は誰も知らないけどね。と小川栄さんは笑っていた。

通りの一番奥の東《あずま》さんは、花屋さん。

奥さんの富代《とみよ》さんが、JRみつば駅前で、フラワーショップあずま、をやっている。

そしてそこで働いているのが本田香子さん。小さな息子さんを水の事故で亡くしたお母さんだ。

初めはそうと知らなかった。配達の際に、店員さんと、というつもりであいさつをしていたのだが、あるとき店主の東富代さんが教えてくれた。この人、ウチの並びの本田さんよ。お花が好きですごくくわしいから、手伝ってもらってるの。

あ、そうでしたか、とあらためてあいさつした。意外なところでつながるもんだな、と思った。と同時に、これまで小さな子どもの話を自分からしちゃったりしてないよな、とも思ったが。

そこからターンしての二軒め、多田《ただ》さん。

こちらは奥さんの直美《なおみ》さんが、ハートマート四葉店でパートをしている。

四葉担当の日にそこへ配達に行き、郵便屋さん、と声をかけられたことがある。失礼ながら、すぐには気づけなかった。名乗ってくれたので、あぁ、となった。

みつばの自宅への配達などで何度か顔を合わせたことはあったのだ。僕が春行《はるゆき》に似ているから、多田直美さんはすぐにわかったという。

春行は僕の兄、タレントだ。似てるとよく言われる。実際には年子なのだが、双子とまちがわれもする。会ったときに似てると言われるだけではない。春行パワーはそんな形ででも発揮されるのだ。弟なのに記憶してもらえる、という形ででも。

一軒挟んで、長谷川《はせがわ》さん。

娘の小春《こはる》さんが都内荒川区の町屋で、小料理屋小町、をやっている。

その店にたまたま僕が行き、あっ！　となった、わけではない。さすがにそれはない。ここに住む母親の継枝《つぐえ》さんに聞いた。その長谷川継枝さんの姉すなわち伯母さんから長谷川小春さんが店を引き継いだのだそうだ。

何で姪が伯母から店を引き継ぐのよ。何で結婚もしないで小料理屋の女将とかやってるのよ。と長谷川継枝さんがこぼしていた。

だから長谷川小春さんは、居住者というか、受取人さんですらない。なのに僕は情報を知っている。そんなことも、ある。

隣の武藤《むとう》さん。

こちらも似た感じだ。ご本人と面識はないが、情報は知っている。同じく娘。今はもう住んでいない武藤晴香《はるか》さん。プロのサッカー選手と結婚したのだそうだ。灰《はい》沢《ざわ》選手というゴールキーパーの人らしい。ただ、残念なことに、離婚もしてしまった。

それは、ここに住む親御さんにではなく、ご近所のどなたかに聞いたような気がする。あるいは。結婚のことは親御さんに聞き、離婚のことはご近所のどなたかに聞いたのだったか。

また一軒挟んで、河合《かわい》さん。

今度は息子の英道《ひでみち》さん。やはり今ここに住んではいないが、電車の運転士さんだという。

地下鉄だから、この辺りにいるのではない。勤務先は都内。始発を運転することもあるので、前日から泊まりになったりもするそうだ。

それは、母親の那賀《なが》子《こ》さんから直接聞いた。

最後に、大塚《おおつか》さん。本田さんのお向かい。

息子の豪《ごう》さんは、五軒隣の児玉《こだま》さんの娘、夏美《なつみ》さんと結婚したらしい。

二人は同い歳。みつば東小学校とみつば北中学校で同級生だったのだ。今は二世帯住宅となった大塚家に住んでいる。大塚夏美さんはわずか三十秒で実家に帰ることができる。

というそれは、夏美さんの母親の児玉徳乃《とくの》さんに聞いた。娘はすぐそこにいるのよ。まちがえてウチに入れちゃってもわたしが持っていってあげるから、郵便屋さん、安心して。

ありがとうございます、と言ったうえで、でもなるべく誤配はしないようにします、とも言っておいた。

と、まあ、そんなだ。

今名前は出てこなかったが顔を知っている人もいる。斎藤《さいとう》さんに水谷《みずたに》さんに中野《なかの》さん。あとは島《しま》さんも知っている。どのお宅も、家族構成ぐらいはわかる。おもしろいもので、では若林《わかばやし》さん宅の家族全員の名前を述べよ、と言われてもすぐには思いだせないが、配達途中で若林さん宅に差しかかればすんなり思いだせる。場所と記憶が結びついているのだ。

一つの局に八年。長い。

でもおかしくはない。異動の五年というのはあくまでも目安。長ければ十年出ない人もいるし、短ければ二年で出る人もいる。

僕よりあとに来て僕より先に出た人もいる。まさに今日、ついさっき出ていった谷英樹《たにひでき》さんがそうだ。僕より二年半あとに来て、五年半いて、出ていった。

といっても、谷さんの場合は特殊な事情がある。職場結婚したのだ。僕の同期である筒井美郷《つついみさと》さんと。

学校の先生と同じで、職場結婚すればたいていはどちらかが異動する。普通の会社でもそうだろう。少なくとも部署は変わるはずだ。

それを見越して、谷さんが早めに小松《こまつ》課長に伝えたらしい。四月の異動に間に合うようにしたのだ。局のことを考えてだとは思うが、もしかしたら、谷さん自身も夫婦で同じ職場にいるのはいやだったのかもしれない。そこは、小松課長ふうに言えば一匹狼の谷さん。わからないでもない。

そんなわけで。五年半同じ集配課の一班にいた谷さんはもういない。だから、誰か新しい人が入ってきて、僕が通区《つうく》をすることになるのだと思っていた。

通区というのは、文字どおり、区を通すこと。経験者が配達をしながらバイクで先を行き、その区の未経験者にコースを教えることだ。家ごとの細かな注意点なども伝える。このお宅は郵便受けがないからドアポストに入れる、とか、この犬は無反応と見せて急に吠えるから要警戒、とか。

でも結局、僕が通区をすることにはならなかった。

ほかの人が通区をすることになったのではない。新しい人が来なかったのでもない。谷さんの代わりに来たのが、何と、木下《きのした》さんだったのだ。

木下大輔《だいすけ》さん。僕より二歳上で、未婚。六年前までこのみつば局にいた人。

僕も二年間一緒だった。通区をしてもらったのもこの木下さんだ。僕にしてみれば、恩人。伝説の人、でもある。

もう、とにかく配達が速いのだ。どこかに郵便物をまとめて捨てているのではないか、と疑いたくなるくらい速い。

バイクで行けるところまでは行く。乗ったまま郵便受けに寄り、郵便物を入れる。なるべく乗り降りの回数を減らす。配達直前の宛名確認も素早くやる。一度の一秒で決める。無駄に二度見たりしない。それを配達の初めから終わりまでずっと続ける。

口で言うのは簡単だが、これを徹底するのは相当難しい。四、五分の話ではない。四、五時間の話なのだ。人間、四時間も五時間も集中を続けることはできない。いつの間にか何やら考えていたりするし、惰性で動いてしまったりもする。

速さばかりに目がいってしまうが、木下さんがすごいのは、それだけではないところだ。速く、かつ正確。誤配はしない。ちょっとしたミスもしない。

速いだけの人は、結構いるのだ。ただ、速い人は、時に粗かったりもする。例えば宛名確認を省いてしまったり。読めないほど汚い字を不在通知に書いてしまったり。

木下さんにはそれがない。不在通知の字も、女性の美郷さんと競るくらいきれい。そこも徹底している。ＡＩが搭載されたサイボーグなのではないか、機械と人間のハイブリッドなのではないか、とも疑いたくなってしまう。

そんな木下さんが復帰。

これも、そうおかしなことではない。たまにはあることだ。一度いた局にまた行くことはない、といったルールはない。それを避ける理由もない。五年も空けば、社員の多くが入れ替わるから、ほかの局に行くのと大差はなくなるのだ。八年もいる僕のような者が例外として残っているだけで。

実際、木下さんは僕を見て驚いた。一匹狼の谷さん以上に口数の少ない人だが、こんなことを言った。

「平本《ひらもと》。まだいたんだ？」

「はい。また一緒にやれるとは思いませんでした。ここへの異動の希望を出したわけでは、ないですよね？」

「そんな希望は、出せないだろ」

「出せないですね。でも、木下さんをウチに異動させてください、みたいな希望を出せるなら、僕は出しますよ」

「そんな希望も、出せないだろ？」

「出せないですね」

僕が冗談でそんなことを言うと、木下さんはすっぱいものを食べたときのように顔をしかめた。それが木下さんの笑い方なのだ。六年経ってもそこは変わっていなかった。

この木下さんと谷さん、実はもめたことがある。今どきないぐらいの、結構なもめ。当時は新人だった二歳下の木下さんが、先輩の谷さんを殴ったのだ。狼の本領を存分に発揮した谷さんに、遅ぇなぁ、と言われて。

一発だけ。すぐに周りから止められたこともあって、幸い、大きな問題にはならなかったらしい。

殴られた谷さんはともかく、殴った木下さんはどうしたか。

速くなろう、と決めた。

で、本当に速くなった。配達のワールドカップがあったらカップを持ち帰れるだろうと思われるくらいに速く。

決めたことはやる。貫く。その意味でもすごい人なのだ、木下さんは。

その木下さんと谷さん、今はもう仲直りしている。

美郷さんのおかげだ。二人の過去を知った美郷さんが動いたらしい。前によその局で一緒だった人から木下さんの連絡先を聞き、ＬＩＮＥで二人をつなげたのだ。

狼のような谷さんと、修行僧のような木下さん。そんな二人だから、頻繁にやりとりをしているわけではないようだが、つながってはいる。

前にいたときもそうだったからということで、木下さんは僕らの一班に入った。

初日の今日は、山浦善晴《やまうらよしはる》さんと一緒に四区をまわっている。一区二区のみつばと三区の四葉は覚えているから通区は不要、とのことで、四区。山浦さんの通区を受けている。

基本的には四区や五区を持つことになるらしい。状況に応じて一区から三区も持つ、という感じ。まさに谷さんの穴を埋める形だ。

アルバイトの五味《ごみ》くんがやめてしまったので、即戦力にして百人力の木下さんが来てくれてよかった。新たなアルバイトさんが入ったとしても、まったくの配達初心者であれば、一つの区をフルで持てるようになるまでは二ヵ月ぐらいかかるから。

で、そう、五味くん。

地元の国立大学に通う五味奏《そう》くん。ついにアルバイトをやめてしまった。二年七ヵ月続けてくれたが、さすがに限界が来たのだ。

工学部。この四月からは四年生。研究室に卒論に就活。もう去年と同じ週一でも無理らしい。まあ、そうだろう。三年生のときでさえ、かなり無理をしてくれていたのだ。やむを得ない。

というそのあたりの事情を僕らが課長にあれこれ説明し、木下さんはまず四区の通区、ということに決まった。

この課長は、小松敏也《としや》課長ではない。野原信豊《のはらのぶとよ》課長。木下さんと同じく今日来たばかりの新集配課長だ。

小松課長よりは六歳下の四十二歳。体格がいいので柔道か何かをやっていたのかと思ったら、そんなことはないという。

よくそう訊かれるのですが、体がごついのはただただ遺伝です。父も母もごついです。と、あいさつの際に本人が説明した。

では小松課長はどこへ。

谷さんと同じ。出ていってしまった。長くいる者同士、このところ四月一日はいつも、また動かなかったね、そうですね、と僕と話していた小松課長も、ついに異動になってしまったのだ。

長いあいだありがとうございました、と朝イチで谷さんばりに短いあいさつをして、小松課長はあわただしく新局へと去っていった。そちらでは郵便課長になるらしい。小松課長、であることは変わらないわけだ。

ちなみに、谷さんのあいさつは、ありがとうございました、だけ。本当にその一言だけだった。だけなの？　と美郷さんに言われ、うるせえよ、と返していた。皆、笑っていた。

小松課長とは長かったし、谷さんの場合とちがい、事前に知らされてもいなかったので、ちょっとさびしかった。長く一緒にいても、別れるときはいきなりで、あっさり。会社人事というのはそういうものだ。別れるときに初めて、この人の存在は大きかったのだな、自分はこの人を信頼していたのだな、と気づかされる。

九年めのみつば局。集配課の一班はそんな体制でスタートした。谷さんと五味くんと小松課長は去り、木下さんと野原課長が加わって。

春は別れの季節にして出会いの季節。別れがあるからこそ出会いも生まれる。

そんな出会いを実らせたのが、要するに谷さんと美郷さんだ。

二人はこの局で知り合い、付き合って、結婚した。知り合ったその場には僕も居合わせた。

考えてみれば、二人が知り合ったのは五年前の今日だ。四月一日。

谷さんから遅れること半年。美郷さんが異動してきた。

どちらかの一目惚れ、なんてことではない。そんなことではまったくない。

二人の出会いは決して友好的なそれではなかった。険悪なそれだったと言ってもいい。

美郷さんのあいさつの際に、谷さんがつい声を洩らした。

「女かよ」

聞き逃さなかった美郷さんが言った。

「初めまして。筒井美郷です。女と認めてくれてよかったです。わからないことは、うるさいくらいに何でも訊いちゃうと思います。お世話になります。よろしくお願いします」

予想外にかまされた谷さんは、あいさつを終えた美郷さんにかまし返した。

「仕事に女とかは関係ねえからな」

「わかってますよ、そんなこと」

その二人が五年後には結婚してしまうのだから世の中はわからない。いや、男女はわからない。

近づいたのは、意外にも美郷さんだ。

年が替わってのバレンタインデー。そこで美郷さんが谷さんにチョコレートをあげた。義理チョコではない。本命チョコだ。

そもそも、美郷さんは義理チョコを配るような人ではない。だから僕ももらってない。本命がいなければ、チョコ自体を誰にもあげなかっただろう。その本命になったのが、失礼ながら、まさかの谷さん。それには谷さん自身、相当驚いたはずだ。

そのチョコをきっかけに、二人はすんなり付き合った。美郷さん自身によれば、こう。わたしが強引に言い寄った感じかな。さあ、わたしたち付き合いますよって。

美郷さん、すごい。自分に牙を剝いてきた狼を、一年もしないうちに手なずけたのだ。

と僕はずっと思っていたのだが。実は谷さん、初めから美郷さんのことが気になっていたのではないかと、最近は思っている。

美郷さんと谷さんはすでに夫婦。役所に婚姻届を出している。一緒に暮らしている。

谷さんが異動してややこしくならないからでもあるのか、美郷さんは谷美郷さんになっている。結婚後も旧姓使用を選ぶ人が多いなか、新姓をつかうほうを選んだのだ。

だってわたしはもう谷だからね、と美郷さんは言った。名前をつかい分けるほうがめんどくさいよ。

二人は婚姻届を出しただけ。結婚式や披露宴をやる予定はないそうだ。

そんなお金ないよ、とも美郷さんは言っている。実際、そうなのかもしれない。

谷さんには両親がいない。小学生のころに死別したのだ。だから妹の秋乃《あきの》さんと親戚のところを渡り歩き、最後には引き離された。谷さんが高校を出て郵便配達員になってからは、秋乃さんと二人暮らし。余裕はないだろう。

一方の美郷さんも、いるのは母親だけ。父親は美郷さんが高校生のときに亡くなった。だから美郷さんは大学進学を妹の美宇《みう》さんにゆずり、自分も父親と同じ郵便配達員になった。やはり余裕はないだろう。

あくまでも平均だが、結婚式や披露宴には三百万円ぐらいかかるという。まだ親が二人とも元気な僕でさえ、それはきついなぁ、と思ってしまう。

美郷さんはこうも言っている。

わたしがウェディングドレスでもないでしょ。レンタルでも三十万とかするらしいし。それにお金をつかうくらいならほかのことにつかうよ。というか、つかわないで貯金する。

美郷さん。らしい。


春とはいえまだしっかり寒い四葉をまわる。

四月なのだからもう防寒着は脱ぎ捨てましょう。暖かな風を肌で感じましょう。とはならない。バイクに乗れば五分で体は冷える。肌はあっという間に冷たくなる。

今日は木下さんがみつば一区、美郷さんがみつば二区をまわっている。

木下さんは、本当にみつばや四葉のことを覚えているらしい。配達コースだけでなく、ほとんどの受取人さんの名前まで覚えているらしい。

だから、木下さん不在のあいだに出ていった人たちや入ってきた人たちの情報だけを僕が伝えた。了解、と木下さんは言った。わからないことがあったら電話で訊くよ、と言ってもいたが、その電話がかかってくる気配はない。

春は別れの季節にして出会いの季節。言い換えれば、転出転入の季節。

ということはつまり誤配が生まれやすい季節でもある。

住人の入れ替わりには注意しなければならない。郵便物が宛名とちがう人に届けられるようなことがあってはいけないのだ。だから転居届の転送開始希望日などは慎重にチェックする。一日まちがえただけで、もう誤配は生まれてしまうから。

若い人だと、その転居届を出してくれないことも多い。転居届自体を知らない人もいるのだと思う。知っていたとしても。引っ越しは大仕事。しなければいけない手続きはたくさんある。忘れてしまっても無理はない。

まあ、それでも、その住所にその人宛の郵便物が来れば届くのだ。こちらも居住確認はするから。

ただ、入居してすぐだと、差出人さんに返される郵便物が出てきてしまうかもしれない。転出した人と転入した人のどちらもが転居届を出してくれなければ、こちらも知りようがないから。それはもう僕らの責任ではない。が、避けられるなら避けたい。

で、今日もあやしいのが一通ある。

封書だ。ごく普通の茶封筒で、文字はすべて手書き。お手紙、という感じの封書。差出人は、畦地富士美《あぜちふじみ》さん。受取人は、畦地叶太《かなた》さん。と、それはいい。問題はこれ。宛名として書かれたアパートの部屋には、中正人《なかまさと》さんという人が住んでいるのだ。

四葉にはあまり多くないワンルームのアパート、四葉フォレスト。一階二階に三室ずつという造りで、中正人さんは二〇三号室。

この四葉フォレストには、何とも言えない思い出がある。いや、思い出と言えるほど古いものでもない。まだ半年も経っていないから記憶は鮮明だ。

一〇二号室に住む海藤安二《かいとうやすじ》さんが部屋で亡くなられた。そのことを、隣の一〇一号室に住む柚木美澄《ゆずきみすみ》さんから聞いた。配達に来て、まさに一〇二号室のドアポストに郵便物を入れようとしたところで声をかけられたのだ。いらっしゃらないですよ、と。

聞いてみれば、そういうことだった。おそらくは病死。警察も来た。不審な点はなかったようだが、同じアパートの住人としてあれこれ訊かれたそうだ。

柚木美澄さんは隣室で起きたことにまったく気づかなかったらしい。

海藤安二さんとは一度言葉を交わしただけ。顔もはっきりとは覚えていない。そんな間柄。でもショックはショックだったという。もう何日か経っていたが、そのときでもまだ一日一度は自分の部屋で一〇二号室側の壁に向けて手を合わせていると言っていた。

その話を聞いたあとは、僕も一〇二号室のドアの前で手を合わせた。人に見られないよう気をつけて。

その四葉フォレスト一〇二号室。二ヵ月ぐらいは空いていたが、今はもう人が入っている。

転居届を出してくれたから名前も知っている。南里克栄さん。なんりかつえいさん。書留などが来たことはないので、まだ会ったことはない。

一般的に、入居者が老衰や病気などで自然死した場合、いわゆる事故物件にはならないらしい。だからおそらくは南里克栄さんも、部屋で海藤安二さんが亡くなられたことを知らない。

そうであるべきだと思う。死は、その意味においては消化されなければならないのだ。

ただ、柚木美澄さんは、隣人として少し気をつかうかもしれない。新住人の南里克栄さんと会話を交わすぐらいの間柄になったとしても、さすがに前住人のことには触れられないだろうから。

と、まあ、それはいい。

今はこの二人。差出人さんの認識ではここにいるはずの畦地叶太さんと、実際にここにいる中正人さん。

どちらからも転居届は出されていない。中正人さんが出ていったことにも畦地叶太さんが入ってくることにもなっていない。今住んでいるのが中正人さんであることはまちがいない。はず。

でもこの点は気にかかる。差出人さんと受取人さん。どちらもが、畦地さん。これが佐藤さんや鈴木さんなら、たまたま同姓なだけということも考えられるが、畦地さんでそれはないだろう。家族もしくは親類ととらえるのが普通。で、親類なら、現住所を知らないことはないだろう。

そう思い、さっそく居住確認にかかる。

こんなときは、直接訊いてしまえばいいのだ。それが一番てっとり早い。とはいえ、今日は金曜。不在である可能性は高い。

インタホンのボタンを押す。

ウィンウォーン。

反応はない。

しばし待って、もう一度。

ウィンウォーン。

やはり反応はない。

チャイムを鳴らすのは二度まで。僕はそう決めている。三度めに意味はないのだ。一度めと二度めは聞こえなかったが、三度めは聞こえた。そんなことは、たぶん、ない。二度鳴らして出ないなら、いないと考えていい。いるのだが何らかの事情で出たくない人なら、三度鳴らしても出ない。

というわけで、予想どおり、不在。その先を考える。

明日土曜は、僕がみつば一区、木下さんがみつば二区、美郷さんが三区の四葉の予定。このまま封書を持ち戻って美郷さんに預けるのも気が引ける。できれば明日も僕が行きたい。

だから、帰局後、美郷さんに事情を説明し、担当を替わってもらうことにした。一応、野原課長にも変更を報告。明日も四葉は僕がまわることになった。

で、その明日。土曜日。

今日はいてください。と念じつつ、インタホンのボタンを押す。

ウィンウォーン。

反応はない。

ないかぁ、と思いつつ、しばし待って、もう一度。

ウィンウォーン。

一度めは反応なしで二度めは反応あり。そんなこともあまりないよなぁ。普通なら、人は一度で反応するもんなぁ。

とも思っていたら。

「はい」

「あ、こんにちは。郵便局です。確認させていただきたいことがあるのですが、よろしいでしょうか」

こんなとき、何ですか？　とそのままインタホン越しに言われることもある。そうなったらそのまま説明する。でも受取人さんに対して何だか失礼のような気もするので、できれば直接話したい。

中正人さんは、こちらを選んでくれた。

「出ます」

実際、すぐにドアを開けてくれる。

僕よりは少し下。二十代半ばぐらい。髪が長めの人だ。長髪とまではいかない。会社員でもおかしくはない、という長さ。

「ありがとうございます」とドアを開けてくれたことへのお礼を述べたあとにこう続ける。「すいません。念のための確認なのですが」

「はい」

ここでの訊き方は慎重なものになる。個人情報なので、畦地富士美さんの名前も畦地叶太さんの名前も出せない。

「今こちらにお住まいなのは、中正人様でまちがいないですよね？」

「はい。ぼくが中です」

「お一人だけ、ですよね？」

「そうです。ぼく一人です」

「わかりました」

もうこれで充分。でも不安に思われないよう、このぐらいの説明はする。

「よかったです。こちら宛でちがうお名前のかたの郵便物が来ていたものですから、一応、確認させていただきました」

「あぁ。そういうことですか」

「はい。たすかりました。ありがとうございます」

「いえ」

「今日は郵便物はないです。今後も、中正人様宛のもののみ配達させていただきますね」

「はい」

「では失礼します」

「どうも」

一礼し、去ろうとしたが。中正人さんに言われる。

「あの、それってもしかして」

「はい」

「宛名、アゼチじゃないですよね？」

「え？」

これはちょっと意外。差出人さんか受取人さんのどちらかと知り合い、ということなのか。

「田んぼにツチツチって書く畦に、地面の地」

田んぼにツチツチ。土土、だろう。そのとおり。湖畔の畔ではなく、畦。

「畦地なら知ってますよ。前、この部屋に住んでました。ぼくの前」

「そうなんですか」

「はい。知り合いでもあります。友だち、というか」

それなら話してもいいだろう。畦地さんを知っていますか？　と僕が訊いたわけではないのだ。中正人さんが自ら畦地さんという名字を出してきた。実際に知らなければ、それは無理。

そこへダメ押しが来る。

「カナタですよね？　畦地カナタ。願いが叶うの叶うに太いで、叶太」

「そう、ですね」と言ってしまう。

もちろん、認めたからといって、畦地叶太様宛の封書を中正人さんに渡すつもりはない。友人であれ何であれ、それはダメ。しない。だからだいじょうぶだろう。そうと明かしたほうが、差出人である畦地富士美さんや受取人である畦地叶太さんの利益になりそうな感じもある。

「叶太とは、ちょっと前まで一緒にバンドをやってたんですよ。前といっても結構前で、今はもうやってないですけど。その関係で、ぼくもこのアパートに入りました。そのころちょうど部屋を探してて、叶太がここを出るっていうんで。言っちゃうと、あいつがカノジョのとこに行ったんですよ」

同棲を始めた、ということだろう。

「ここは家賃が安いから、じゃあ、正人入ればってことになって。大家さんに話したら、いいよと言ってくれて。ハウスクリーニングがなしでいいなら礼金もなしでいいよ、とも言ってくれて。それはもう願ったり叶ったりなんで、だったらぜひと。で、今も住んでます。ただ、もうつながってはいないですけどね」

「というのは」

「叶太と」

「あぁ」

「バンドをやめてからは友だちでもないというか。連絡を全然とってないんですよ。最後もケンカ別れみたいな感じで。結構ひどいケンカでしたよ。お互いよく手が出なかったなっていう」

「そこまで、ですか」

「そこまででしたね。叶太はともかく、ぼくのほうがもうぎりぎりのとこまでいってました。あと一言何か言われてたら手が出てたでしょうね。でもそこで叶太のスマホに電話がかかってきて。あいつ、ケンカ中なのに出たんですよ。あ、電話って言って。考えられます？」

「どう、なんでしょう」

そこまでのケンカをしたことがないので、正直、よくわからない。が、電話がかかってきたらつい反応してしまうというのは、わからないでもない。

「百歩ゆずって電話に出るのはしかたないにしても。普通、かけ直すとか言って切りそうなもんじゃないですか。でもあいつ、まさに普通〜に五分ぐらい話したんですよね。こっちはケンカ中なのに待たされて、わけわかんないですよ。でもそれで何かバカらしくなったというか、気持ちも落ちついてきちゃって」

「畦地さんがそれを狙ったとか」

「いやいや。そんな器用なやつじゃないです。そんなふうに考えて動けるやつじゃないんですよ。全部行き当たりばったりですから。それで相手をイライラさせるんですよね。そのときも、電話を切ったあとに言ったんですよ。で、えーと、何だっけ」

「それで、どうしたんですか？」

「何だっけじゃねえよ、ケンカだよって。叶太は、あぁ、そっか、けど、もうよくね？　って。実際、ケンカ自体はどうでもよくなってたんですけど、こいつとはもう無理だと思いましたね。バンドは静かに解散ですよ」

静かに解散。マイナスなことではあるにしても、何かいい言葉だ。終わりが静かなのはいい。静かに終われるのは、いい。

「郵便屋さんはバンドやったりしてないですよね？」

「してないですね」

「してたことも、ないですか」

「ないです。楽器の演奏は、残念ながらできないので」

「バンドって、いろいろめんどくさいこともあるんですよ。それは、たぶん、プロもアマも関係なし。プロならお金のためと割り切れるのかもしれないけど、逆にアマだとそういかなくて。というそれは音楽そのものについてのことなんですけど。

そこにさらに個人的なことも絡んできたりして。こじれると、ほんと、こじれちゃうんですよね」

そうなのだろう。実際、たいていのバンドが解散する。で、再結成したり、また解散したり。むしろ長く続くほうが珍しい、という印象がある。

例えば、四葉のバー『ソーアン』のマスター吉野草安《よしのそうあん》さんの息子維安《いあん》さんと娘叙安《じょあん》さんが組んでいるバンド、スカイマップ・アソシエイツ。こちらはイギリスでアルバムを出したこともあるプロのバンドだが。まだ続いているのは、メンバーに兄妹がいるからなのかもしれない。

「ウチらなんてもう、こじれにこじれましたよ。前に立て替えたスタジオ代払えとか、立て替えてもらってなんかないとか、そんなしょうもない話にまでなっちゃって。立て替えた証拠を見せろ、とまで言ってましたからね、叶太は。言ってるときは本気なんですよ。立て替えてもらってないと本気で思っちゃってるんですね。こっちは立て替えてるんですけど。ぼくだけじゃなく、叶太以外の三人全員が。要するに、バカなんですよ」

それにはどうとも言えない。ただ小刻みにうなずくしかない。ちゃんと聞いてはいますよ、という感じに。

「何にしても。叶太に郵便が来るなんて意外だな」中正人さんは少し考えて、言う。

「あ、それ、もしかして、お母さんからじゃないですか？　名前まではわからないけど、畦地ナントカさん」

その推測はすごい。当たりです、とつい言いそうになるが。言っていいものか考える。

郵便物は、受取人さんと差出人さんのものだ。中正人さんはどちらでもない。なのに言ってしまうのは、お隣の誰々さんに誰々さんから郵便物が来ましたよ、と明かしてしまうのと同じであるような気もする。

「バンドをやってたころにもそんなことがあったんですよ。叶太がまだこの部屋に住んでたころ。あいつはそんなだから、お母さんとも絶縁状態になってて。スマホの番号すら教えてないんですよ。そう。一度スマホを落として、契約し直してて。そのときに変わった番号を教えてないんですよね。だからお母さんにしてみれば、何か伝えるときは手紙を出すしかないんですよ」

「ここの住所は知ってるんですか」

「はい。叶太が部屋を借りたときに保証人にはなったみたいなんで」

「あぁ」

「ほんとは直接話したいんでしょうけど。住んでるのが九州だから簡単には出てこられないし」

九州。確かに、封書の裏に書かれた畦地富士美さんの住所は佐賀県だ。

「まあ、叶太はもらったその手紙を読まずに捨てちゃうんですけど。実際、ぼくの目の前で封筒ごと破ってましたからね。ちょうどスタジオで練習したあとに泊まりに来た日だったんですよ。帰ってきて、封筒を見て、舌打ちして、そのままビリビリッと。で、訊いてみたら、母親からだと。マジか、と思いましたよ。仲が悪いのは知ってましたけど、そこまでとは知らなかったんで」

僕はまだ差出人が畦地富士美さんであると明かしてはいないし、畦地富士美さんが畦地叶太さんの母親であるかも知らない。

でも中正人さんはその感じで話を進める。

「だからお母さん、たぶん、叶太がもうここに住んでないことを知らないんですよ。あいつが教えるわけないから」

だとすれば。あて所に尋ねあたりません、ということで還付。いつもどおりの手続きをすればいいのだろう。それで問題はない。畦地叶太さんは実際ここに住んでいないのだし。畦地富士美さんは畦地叶太さんがもうここに住んではいないと知ることができるのだし。

最良の結果ではないが。郵便配達員の僕にできるのはそこまでだ。

「お母さんはかわいそうですよ。叶太が手紙を破り捨てたあと、ちょっと話を聞いたんですよね。何でそこまでになったのか。別に大したことじゃないんですよ。親なら当然言うだろうってことをお母さんが叶太に言っただけ。聞く限り、悪いのは叶太。お母さんはちっとも悪くないんですよ。ぼくも驚きました。それまではただ最悪な親だとしか聞かされてなかったから、すごくきつい人なんだろうと勝手に思ってたんですよね。でもそんなんじゃなく、ごくごく普通の感じ。それこそぼくの母親とも変わらない感じで。しかもお母さん、一人で叶太を育てたんですよ。なのに今それですからね」

「そう、なんですね」

「あいつ、ギターはムチャクチャうまいんですけど、人として破綻してるんですよ。だからどのバンドに入ってもうまくいかないんじゃないかな。二時間のスタジオ練習に一時間以上遅れてきたり、下手すれば来なかったりしますから。来たら来たで、スタジオ代出しといてってなるし。で、時間が経ったら、さっき言ったみたいに、立て替えてもらってないとか言いだすし。こっちもキレますよ。そりゃ解散もしますよね。ギターがうまきゃそれでいい、にも限度があるんで」

話の流れから、つい訊いてしまう。

「中さんは、何の楽器をなさってたんですか?」

「ベースです。叶太ほどうまくはなかったですけどね」

「畦地さんはそんなにうまかったんですか、ギター」

「うまかったですね。といっても、アマレベルのうまさですけど。アマのなかではずば抜けてましたよ。でもプロでやるのは無理かも。あのぐらいの人はいくらでもいるから」

「解散しちゃったんですね、バンド」

「そうですね。ほんと、難しいんですよ。特にアマは一人一人の熱量がちがうから」

「プロを目指してたわけではないんですか？」

「目指してはいましたね。ただ、それでもやっぱり熱量にちがいは出るんですよ。絶対になる、と、できればなりたい、と、結果なればオーケー。絶対になる、のやつと、結果なればオーケー、のやつが一緒にやるのは無理ですよね。意識がちがえば行動にもちがいが出ちゃうから」

「畦地さんはどのあたりだったんですか？」

「絶対になる、ですね」

「中さんは」

「絶対になる、のつもりでいましたけど。今考えると、できればなりたい、ですかね」

「ほかのかたは」

「ヴォーカルはぼくと同じで、ドラムは、結果なれればオーケー、かな。だからヴォーカルと僕も、ドラムとはちがいましたよ。ドラムは在学中に就活もして、大学卒業後に就職しましたからね。プロになれたらやめるみたいなことは言ってましたけど、その気はあったのか。何だかんだで仕事も楽しそうでしたしね。実際、プロになったらなったで、そこからがまた大変だし」

「中さんは、音楽をやめられたんですか？」

「ですね。やめました。ベースはまだ部屋にありますけどね、バンドを組んだりはしてないです。ぼく自身就職して、働きながらやるのは無理だなと思いましたし。ベースはそのうち楽器屋に売りに行きますよ。ほんとはすぐ売るつもりでいたんですけど、本気でやってはいたんで、さすがにそれはできなくて。完全に熱が冷めてからでいいや、みたいな感じでまだ置いてあります。現状、ほぼ冷めてはいますけど」

プロではなくてもいろいろあるのだな、と思う。それはそうだろう。ものをつくる人たち。生む人たち。わかるような気はする。たぶん、僕らものを動かす者たちとはちがうのだ。

「何か、すいません。一人でベラベラしゃべっちゃいましたね」

「いえ」

「叶太の名前が出たら穏やかではいられなくなっちゃって。って、名前出したのはこっちか。ほんと、すいません」

「いえいえ。事情がわかって、僕もよかったです」

「その郵便は、お母さんに返されるってことですよね？」

ここでもまだ郵便物を畦地富士美さんが出したことは明かしていないが。明かさないまま言う。

「そうなりますね」

「ならよかったです、どうかそうしてください。バカ息子がここに住んでないことを知る権利はお母さんにもあるので。ぼくは自分のこともバカ息子だと思ってますけど、叶太に出てこられたら敵わないです。レベルのちがいを感じますよ。こっちはアマのバカ息子で、あっちはプロのバカ息子。あらためて思います。やっぱりプロはすごい」

そう言って、中正人さんは笑う。

だから僕も笑みを返して、言う。

「では失礼します。ご協力ありがとうございました。これからも郵便をよろしくお願いします」

結婚式や披露宴をやる予定はないという美郷さんと谷さん。賢明は賢明かもしれない。でもやはりお祝はしたい。誰がって、僕が。

というわけで。

個人的に結婚祝をすることにした。美郷さんと谷さんと谷さんの妹の北垣《きたがき》秋乃さんと僕。その四人で飲むことにしたのだ。僕のおごりで。

みつば局で、谷さんの送別会はおこなわれなかった。そんな話が出なかったわけではない。もちろん、皆、やるつもりでいた。でも谷さん自身が、そういうのはいいよ、と言ったのだ。ありがたい、でもいいよ、と。

その反応を受けて、山浦さんは僕に言った。谷くんは最後まで狼だったねぇ。

それはそう。でもこの五年半で変化はあったと僕は思っている。五年半前の谷さんなら、ありがたい、の言葉は出なかっただろう。

だからこの申し出もあっさり断られるかと思ってもいたが、そうはならなかった。谷さんは断ろうとしたが美郷さんと秋乃さんに押しきられた、のかもしれない。

初めは三人のつもりでいた。美郷さんと谷さんと僕。でも意外なことに、春行ファンの秋乃さんも参加することになった。

僕にあらかじめ伝えたうえで、美郷さんが声をかけたのだ。秋乃さんは春行の大ファンだから弟でも会ってみたいのではないか、ということで。

秋乃さんの返事はまさにそれだった。会ってみたい！

美郷さんによれば、僕への気遣いに満ちたそれではない。本気のそれ。会ってみたい、のあとにちゃんと！マークが付いたそうだ。むしろちょうどいい、とも秋乃さんは言ったという。春行さん本人となら緊張しちゃってお酒なんか飲めないだろうけど、弟さんとなら飲めるかもしれない。

だったらそれで、ということで、そうなった。四人。

秋乃さんと育弥《いくや》さんの北垣夫妻が親になったことは美郷さんに聞いて知っていた。秋乃さんが産んだのは男の子。康斗くんだ。こうと、ではなく、やすと。

育弥さんと同じ自動車販売会社に勤めていた秋乃さんは現在育休中。その日は育弥さんに康斗くんをまかせて来るという。

その会社、実は僕の父が勤める自動車会社の販社だ。そこの車を売っている会社。それは谷さんにも話した。縁を感じますよ、と言ったら、薄～い縁だな、と笑っていた。

美郷さんと谷さん同様、秋乃さんと育弥さんも職場結婚だったわけだが。やはり谷さん同様、育弥さんも異動したという。別の店に移ったのだ。

秋乃さんの飲み会への正式参加を僕に伝えた際、美郷さんはほかにこんなことも言った。

「人数が増えちゃったからさ、平本くんのおごりではなくていいよ。谷さんも秋乃ちゃんもそう言ってる。四人で割り勘にしよう」

「それじゃ意味がないよ」と返した。「ただの飲み会になっちゃう。秋乃さんも来てくれるなら、なおさらおごりたいよ」

「秋乃ちゃんも同じこと言ってたよ。平本さんが来てくれるならわたしが全部払うって。春行さんの弟さんに払わせられないって」

「いや、そうなったらもうほんとに何の会かわからないよ。美郷さんと谷さんの結婚がかすんじゃう」

「いいよ、かすんでも」

「いやいや。ダメでしょ」

それはダメ。とりあえず僕が払うということで押し通した。

当日の現場でも再び割り勘案が出そうなので、最後の注文を終えた時点でトイレに立つふりをしてこっそり支払いをすませるつもりでいる。それを忘れるほどは酔うなよ、と自分に言い聞かせてもいる。

で、当日。現場となったのは、蜜葉市の隣の市にある居酒屋。

店の予約は僕がした。個室ふうのテーブル席。そんなに高くはない居酒屋らしく、個室ふう、というのがよかった。完全な個室ではないのだ。あくまでも、ふう。仕切られてはいるがドアはない。

夫婦の谷さんと美郷さんは向かい合わせに座った。谷さんと僕が隣。だから僕の向かいが秋乃さん。

「おれもない」と谷さん。

「合コンみたいね」と美郷さんは笑った。「行ったことないけど」

「ないの？」

「ないよ。行きそうじゃないだろ？」

「ないです」と僕。「一匹狼が合コンに行かないですよね」

「何だそれ」

「そうか。一匹狼なら狩りも一人でやるよね。わたしも狩られたわけだけど」

「いや、狩ってきたのは美郷だろ」

「そうそう。最初の餌があれ」

「あ、バレンタインのチョコだ」と秋乃さん。

「正解」と美郷さん。

「餌って言うなよ」と谷さん。

初めて会う秋乃さんは、僕より一歳上。春行と同じだ。

あらためて、あいさつする。

「初めまして。平本秋宏《あきひろ》です」

「わぁ、本物」と秋乃さん。「確かに似てる」

「はい。本物の、弟です」

「初めまして。北垣秋乃です。元谷です。妹です」

「男女だからですかね。谷さんと、そんなには似てないですね」

「狼と似てたら困るでしょ」と美郷さん。

「うるせえよ」と谷さん。

初めのビールが届き、四人で乾杯する。乾杯の音頭は、一応、主催者の僕がとる。ごく普通に、こう。

「谷さんと美郷さん、おめでとうございます。お二人のご結婚を祝して、乾杯」

「乾杯」と声がそろう。

といっても、そろうのは義理の姉妹の声だけ。谷さんは無言。そんなところで明るく、乾杯、と言ったりはしないのだ。何せ、狼だから。

シーザーサラダ。刺身の盛り合わせ。串焼の盛り合わせ。ジャーマンポテト。あさりのバター蒸し。軟骨の唐揚げ。

四人、好きなものをじゃんじゃん頼み、食べて、飲んで、話した。

要するに、普通の飲み会だ。結婚祝だからといって、ずーっと結婚の話をしたりはしない。祝われる側も、祝う側も。

聞けば。式や披露宴をしない谷さんと美郷さんは、新婚旅行もしないらしい。式や披露宴をしないのと同じ理屈。それにお金をかけるぐらいなら貯金をしたい、ということだそうだ。

新居のアパートは二間。それは谷さんの異動先が決まってから決めた。その局からも美郷さんが勤めるみつば局からも同じぐらいの距離だ。秋乃さん夫婦が住むマンションからも僕の家からも遠くない。

と、まあ、そのあたりが結婚の話。

それらがすむと、今度は仕事の話になった。

「新しい局はどうですか？」と谷さんに尋ねてみる。

「どうってことはねえよ。どこもそう変わらないだろ、局なんて」

「いや、変わるでしょ」と美郷さん。「どの局にもスターの弟がいたりはしないよ」

「あぁ、それはそうだな。そういうのはいない。平本ばりの神通区《かみつうく》をしそうなやつもいないよ」

神通区。そんなものはない。谷さんが言っているだけだ。僕の通区がバカ丁寧だからと。

僕自身にそんな意識はまったくない。せっかくの通区なのだから、家ごとの注意点はすべて伝えておきたい。同じ区を担当する者同士、情報は共有しておきたい。それだけ。普通。

「僕が四葉で通区をしたときみたいに、一人で勝手にわき道に入っていったりしてませんか?」

「してねえよ。おれに通区をしたのは、まだ入って三年めのやつ。おとなしく何でもはいはい聞いてたよ。そしたら、昼メシのときそいつに言われたよ。谷さんて意外とこわくないですねって。すごくこわい人だと聞いてたのにって」

「入社三年めってことは、今二十四?」と美郷さんが尋ね、

「だな」と谷さんが答える。

「若い子って感じするね」

「ん?」

「すごくこわい人だと聞いてましたって本人に言っちゃうあたりがこわいもの知らず」

確かにそうだ。通区をしているくらいだから、会ったばかりのはず。すごくこわいと聞いていた人に、会ったばかりでそれ。僕なら言えないだろう。

「その子だけじゃなくさ、局のほかの人ともちゃんとうまくやってる?」

「やってるよ。少なくとも、まだ誰にも殴られてはいない」

それにはつい笑う。

谷さんなりの冗談。木下さんを想定して言ったものだ。僕は谷さんのことも木下さんのことも知っているから笑えるが、知らない人は笑えないだろう。何、殴られるってどういうこと？　と思ってしまうはず。

「で、そっちで木下はどうなの？」と今度は谷さんが尋ねる。

「速い！」と即答するのは僕ではない。美郷さん。「うそみたいに速いと平本くんから聞いてはいたけど、想像以上。ほんとに速い。ワールドカップを狙える、の意味がわかったよ。狙えるね。狙えるだけじゃなく、とるね、あれは」

「速いとはおれも聞いてたけど、そこまでか」

「うん。谷さんも速いと思ったけど、ものがちがうよ。あの人はすごいわ。わたしと同じ量を持って同じ時間に局を出たとしても、一時間は早く帰ってくるでしょうね。何ならもっとかも。本気になれば午前中だけで終わらせられるのかも」

「いや、さすがにそれは」と僕。

「でもそう感じさせるよね」

「まあ、そうだね」

「じゃ、おれも殴られ甲斐があったわ」

「何よ、殴られ甲斐って」

「いや、だってあいつ、遅ぇっておれに言われたから奮起したんだろ？　だったらおれのおかげじゃん」

「それは、誰に聞いたんですか？」と僕。「その、谷さんに言われたから奮起したっていうのは」

「本人だよ。木下本人。ＬＩＮＥで言ってた。谷さんのおかげですって、ちゃんと書いてきたよ。いや、谷さんのせいです、だったか」

「せいって」と美郷さんが笑う。「いいね。谷さんのおかげじゃなく、谷さんのせいで速くなった。ならされちゃった感がいい」

「本当にやりとりしてるんですね、木下さんと」

「美郷がしろって言うからな。まあ、してるといっても、たまにだよ。たまにで、一回も短い。せいぜい二、三往復だな」

「その二、三往復のなかに、谷さんのせいです、が入るって、どんな会話よ」とやはり美郷さんが笑う。

「じゃあ、今日は木下さんも呼べばよかったですね」と僕は言う。

「それは変だろ」と谷さん。「平本はわかるけど、木下と秋乃が一緒に飲むって、わけわかんねえし」

「わたしは飲んでみたかったな、お兄ちゃんを殴った人と」

「秋乃さんもそのことを知ってるんですか」

「はい。美郷さんから聞きました」

「美郷、全部言っちゃうんだよ、秋乃に。普通、兄の仕事のことを妹に言わないだろ」

「わたしが自分で美郷さんに訊いたんだよ。お兄ちゃんのおもしろい話が何かないですか？　って」

「で、出てきたのがそれかよ。おもしろくないだろ、身内が殴られちゃってんだから」

「おもしろかったよ。そりゃそうなるでしょって納得もしたし。鬼が退治されたみたいで痛快だった」

「それもいいね。兄が鬼」と美郷さん。

「その妹だから、結局、わたしも鬼なんですけどね。鬼兄妹。ヤバい。だから美郷さんには鬼の血を少しでも薄めてほしいですよ」

「いや、わたしもどちらかといえば鬼側だから」

「鬼側の人間てこと？」と僕が尋ねる。

「そう。平本くんみたいに人間側の人間ではないよ」

「でも美郷さんならだいじょうぶですよ」と秋乃さん。「だって、いい鬼だから」

「いい鬼！」と美郷さんが声を上げる。

「美郷さんなら、鬼ヶ島にいたとしても、桃太郎は退治しないいんじゃないですかね」

「おぉ。それはうれしい。んだけど。秋乃ちゃんさ」

「はい？」

「もうそろそろわたしへの敬語、というか丁寧語は、やめてもよくない？」

「いや、それは。だって、美郷さんは義理のお姉さんだから」

「といっても、歳下だし」

「それは関係ないですよ」

「いや、大ありでしょ。そこは年齢優先でいいよ。法律上の関係より年齢優先」

ならついでにと僕も言う。乗っかる。

「僕も美郷さんと同い歳だから、タメ口でいいですよ」

「いやいや。無理無理。春行さんの弟さんにタメ口って、それこそ無理」

「春行本人ならともかく、弟ですから。別人ですよ」

「でも無理ですよ。たとえ秋宏さんが今高校生、いや、小学生でも無理だと思う」

と言うくらいだから相当だ。

それでわかるとおり、秋乃さんは筋金入りの春行ファン。ドラマや映画のソフトはすべて持っているし、出ているテレビ番組はすべて録画しているらしい。

だから僕も谷さん経由で春行のサインをあげた。初主演映画『リナとレオ』の前売り券もあげた。

育弥さんと結婚してからも熱は冷めなかったようなので、康斗くんが生まれたときは、やはり谷さん経由でまたサインをあげた。そのときも僕が春行に頼んだ。あの秋乃さんが子を産んだからまたサインちょうだい、と。

春行はそのサインを他社の宅配便で僕に送ってきた。悪い、局に行くのは面倒だったから集荷頼んじった、という手書きのメッセージを添えて。

対して僕がお礼に出したＬＩＮＥのメッセージはこうだ。

〈ありがとう。秋乃さん、喜ぶよ。ちなみに、郵便局も集荷はやってます〉

お酒も進んでビールも二杯め。あれこれ話しているうちに気づいたことを、僕は言う。

「そういえば谷さん、美郷さんを美郷って呼ぶんですね」

「そりゃそうだろ。美郷だし」

「お前と呼ばれるのはいやだって、わたしが言ったの。それでも、たまには出ちゃうけど」

「美郷さんは、谷さん、なんですか？」

「そう」

「家でも？」

「うん。局でそうだったから、そのまま。結婚したら変わるかなと思ったけど、変わらなかった」

「普通、変えませんか？」

「どうだろう。変えるのもおかしくない？」

「おかしくはないような」

「そうかなぁ」

「いくら何でもダンナさんに、谷さん、は」

「それがあだ名みたいなもんなのよ。谷さん自体があだ名。タニっていう二音の名字だからそうなのかもね。もし平本だったら、平本さん、とは言わなそうだし。ほら、お笑い芸人さんとかも、よく相方をさん付けで呼んだりするじゃない。あれと同じよ」

「なるほど。そういうことなら、わかるような」

谷さん。理解したうえで聞くと、愛らしい。さん付けはさん付けだから、込められた敬意も感じられる。

と、そんなことを考えていた僕の顔をまじまじと見て、秋乃さんが言う。

「あぁ」

でも言うのはそれだけ。すぐに、二杯めとして頼んだ生レモンサワーを飲む。

「何？」と美郷さん。

「目の前にいるのが春行さんの弟さんで、今自分が話してるんだと思うと、やっぱり不思議。うれしいですよ。お兄ちゃんに聞いてた平本さんにやっと会えて」

「いや、だから弟は弟ですよ」

「弟さんも、ある意味、春行さんですよ」

「いやいや。まったくの別個体です」

「秋乃はこうなんだよ」と谷さん。「育弥もあきれてる。ここまでだとは思わなかったと言ってるよ」

「ここまでならもうしかたないと思える、とも言ってたけどね」と美郷さんが補足する。「変に自分とくらべたりしないからいいって」

「くらべたところで勝負にならないですよ」

「って、お前、それ、育弥に言うなよ」

「もう言ってるよ」

「言ってんのかよ」

「春行さんに敵うとは彼も初めから思ってないしね。わたしも変に持ち上げたりはしない。あなたは春行さんに負けてない、いい勝負ね、なんて夫に言う妻のほうがおかしいでしょ」

「それはおかしいわ」と美郷さん。「わたしもそんなことは言わない。もしわたしに言われたら、気持ち悪くない？」

「悪い」と谷さん。

「悪いんかい」

「いや、お前が言わせたんだろ」

「出た。お前。ほら、こういうときに出ちゃうのよ」

「それはもうしかたないだろ。お前が、じゃなくて美郷が出させてるようなもんだし」

お前、を出さないように気をつけてはいる谷さん。それもまた新鮮だ。結婚は人を変えるのかもしれない。いいほうに。

「『ダメデカ』もすごく楽しみですよ」と秋乃さんが言い、

「映画のやつ？」と美郷さんが言う。

「はい。劇場版」

「あれはテレビのドラマもおもしろかったもんね。だから映画もつくられるんだろうけど」

「美郷さんも見たの？」と尋ねてみる。

「見たよ」

「ドラマとか見るんだ？」

「恋愛ものはあんまり見ないけどね。ああいうのは好き」

「お兄ちゃんも見てたよね」

「ああ」

「ほんとですか？」と僕。

「ほんとだよ」

「どうでした？」

「バカらしくておもしろかった。カルガモのあれはよかったな。カルガモの親子が背中に袋をくくり付けられて麻薬の運び屋をやらされるってやつ」

「癒されるなぁ、と思って見てたらそうだったという」

「そうそう。出てんのが春行だからさ、やっぱたまに平本に見えちゃうんだよな。平本がバカなこと言ったりやったりしてるように見えんの。だから余計おかしかったな」

「平本くんが言うわけないしやるわけないっていうギャップだよね」

「ああ。春行が宅配便業者に変装した回があったろ？　あれ見て、郵便配達員にもなってくんねえかなと思ったよ。それやられたらほんとに笑っちゃうだろうな。まんま平本じゃん、てことで」

「わたしと谷さんだけやけにウケんのね」

「マジでそうなるだろうな。ドラマのなかでも通区とかしてほしいよ。神通区」

「でも実際にお会いして思いましたよ」とこれは秋乃さん。「秋宏さん、確かに春行さんに似てはいますけど、微妙にちがいますよね」

「結構ちがうと僕は思ってますよ」と返す。「実際、双子じゃなく、年子ですしね」

「だとしても似てはいます。ただ、双子の似方ではないんですよね」

「おっしゃるとおりです」

これはうれしい。僕が普段思っていることをそのまま言ってくれた。

そうなのだ。むしろ本当によく春行を見ている人ならそれがわかる。ファンだからこそ、ちがいに気づける。

「でも双子ではないのにこんなに似てる兄弟も、そんなにはいないでしょうね」と秋乃さん。

「だよな」と谷さん。

美郷さんも続く。

「わたしも異動してきて初めて見たときは、うわっとなったもんね。みつば局に春行の弟がいることは前から知ってたのにそうなった。顔を一目見ただけで充分。この人ですよね？　って誰かに確認する必要がないんだもん。で、わたしの通区をしてくれちゃうし。受取人さんからいきなりお昼もごちそうされちゃうし」

「焼きそばですよね」と秋乃さん。

「あ、それも知ってますか」と僕。

「話しちゃった」と美郷さん。「これは平本くんのことというより、今井《いまい》さんのことして。こんなすごい受取人さんもいるんだよっていうのを伝えたくて」

そう。配達に行った美郷さんと僕に熱々の焼きそばをごちそうしてくれたのは今井博利《ひろとし》さんだ。僕のカノジョである三好《みよし》たまきが住むアパート、カーサみつばの大家さんにして蜜葉市四葉の神。

確かに、今井さんのことは人に伝えたくなる。こんなに親切な人もいるんですよ、と誰かに話したくなる。

「わたしの店でもたまにいますよ」と秋乃さんが言う。「すごくいい対応をしてくれたからって、あとでわざわざ菓子折りを持ってきてくれるようなお客さん。何百万円も出して車を買ってくれてるのにそれ。感激しますよ。ウチで買った車に乗って菓子折りを届けに来てくれたときは、ほんと、泣きそうになりました」

「そんな人、いるんだ？」と谷さん。

「うん」

「何歳ぐらいの人？」

「五十になるかならないかぐらいなのかな。ドライブがてら、娘さんと一緒に来てくれたの。高校生の娘さん」

「へぇ。それもすごいな」

「仲よくていいなぁ、と思った。わたしたちは、そういう感じ、わかんないもんね」

「ああ」

そういう感じ。親子二人で車に乗ったときの感じ、というようなことだろう。そんな経験が、谷さん兄妹にはないのだ。

「だからわたし、車を売る会社に勤めていながら、今も車に酔うもん。小さいころにあまり乗らなかったからなんだろうな。慣れてないというか」

「おれもだよ。おれも車は苦手」

「そうなんですか？」と僕。

「そう。バイクはいいけど車はいやだな。バス旅行とかは今でもいやだよ。まあ、行かないけどな。中学の修学旅行も行かなかったし」

「それはまた別の理由でしょ」と秋乃さん。

「って、何？」と美郷さん。

秋乃さんが説明する。

「修学旅行代は結構高いから、お兄ちゃん、そのとき一緒に住んでた親戚のおばさんに言ったんですよ。バスが苦手だから行かなくていいって」

「ほんとに？　それで行かなかったの？」

「お前、何でも言っちゃうなよ」と秋乃さんに言ってから、谷さんは美郷さんに言う。「マジでバスは苦手だったから、ちょうどよかったんだよ」

「親戚のおばさんも、それでよしとしたの？　じゃあ、行かなくていいわねって、言ったの？」

それに答えるのも秋乃さんだ。

「お金は出すから行けって言った。んだよね？」

「ああ。一応、そう言ってくれたよ」

「一応。体裁が悪いからってこと？」

「そういうことではないだろ」

そういうことなのだろうな、と思う。

五年半付き合ってみて、わかった。谷さんはそんな人なのだ。普通とは逆。たいていの人は外ヅラがいいものだが、谷さんは外ヅラが悪い。自分を悪く見せることで、人に気をつかわせないようにしてしまう。人を遠ざけてしまう。

「そんな話はいいよ」と谷さんがビールの残りを飲んで言う。「おれら兄妹より平本兄弟の話をしようぜ」

「またビールでいい？」と美郷さん。

「ああ」と谷さん。

「すいません。生もう一つお願いします」と秋乃さんが通路にいた店員さんに頼む。すぐに生ビールが届くので、僕がジョッキを奥の谷さんにまわす。

「どうもな」と言って、谷さんは三口ほど飲む。

「『ダメデカ』、公開はいつでしたっけ」と秋乃さん。

「確か十二月ですね」と僕。「いわゆるクリスマスシーズンということなのかな。予定よりだいぶ遅れたみたいです。春行に前売り券をもらったら、渡しますよ」

「いえ、今回はいいですよ。ちゃんと自分でチケットを買って観に行きます。夫と一緒に。夫も、何だかんだで春行さんのことは好きなので」

「春行は、僕が頼まなくても前売り券を送ってきますから。秋乃さんにあげろって。だから、気にしないでください」

「いや、でも」秋乃さんは生レモンサワーを一口飲んで、言う。「じゃあ、二回観に行きますよ」

「いえ、それは」

「というか、初めからそのつもりですし。『リナとレオ』も、結局三回観ましたもん。春行さんに頂いた前売り券で一回。自分で二回」

「だったら春行に言ってもっと送ってもらいますよ」

「いえいえ。それじゃ意味ないですから。自分でお金を出して観に行かないと気がすまないんで、そこはほんとに」

「春行のために金を払いたいんだよ。ファンだから」と谷さん。「払わせてやってくれよ。それもファンサービスだと思って」

「でも一枚は、というかダンナさんの分と合わせて二枚は、渡しますよ」

「それは遠慮なく頂きます。すごくうれしいです。『リナとレオ』のときもそうでしたけど、映画館で近くに座ってる人たちに言いたくなるんですよ。チケット、春行さんにもらったんですよって。もう、その衝動を抑えるのに必死です。『ダメデカ』でもまちがいなくそうなります」

「自分の妹をこう言うのも何だけど。ちょっとおかしいんだよ、秋乃は」と谷さん。

「狼の血を引いちゃってるんでしょ」と美郷さん。

「谷さんと美郷さんにも前売り券を渡しますよ」と僕。

「おれらはいいよ」

「自分たちで行く」

「いや、いいですよ。春行は、たぶん、秋乃さんの兄貴の分、ということで送ってきますから」

そう言って、残っていた軟骨の唐揚げを食べる。ちょっと時間は経ってしまったが、まだコリコリしてうまい。

軟骨の唐揚げを家でつくる人はいるのかなぁ、と思いつつ、谷夫妻に尋ねる。

「あ、そういえばお二人、いつもご飯はどうしてるんですか?」

「つくるよ」と美郷さん。「やれるときはわたしがやるけど、谷さんもやる」

「そうなんですか」

「そう」

「前からやってたもんね」と秋乃さん。

「ああ」と谷さん。

十代から秋乃さんと二人暮らしだったのでやらざるを得なかった、ということだろう。谷さんは秋乃さんの兄であり、父親代わりでもあるのだ。

「谷さんの得意料理は何ですか?」

「パスタ」

「おぉ。似合わない」

「何でだよ」

「わたしが好きだったんですよ」と秋乃さんが説明する。

「あれは茹でるだけだからな」と谷さんも付け加える。

「ナポリタンにミートソース、あとはカレー」とこれも秋乃さん。

「カレー、ですか」

「はい。ウチはカレーが多かったです。カレーライスはカレーライスで普通にあって、それとは別にカレースパ」

「レトルトのカレーをスパゲティにかける、ということですか？」

「そうじゃなくて。カレー粉をまぶすんですよ。具材は必ずしもカレーライスのときみたいなじゃがいもとかにんじんとかでもなくて。何でもあり。特に決まってないんですよね。お肉のときもあればきのこのときもある。で、そこにカレー粉を投入。何でもいけますよ、それだと」

「確かに、いけそうですね」

「だからカレースパというよりは、ドライカレースパという感じなのかな」

「それ、今度ウチでもつくってよ」と美郷さんが谷さんに言う。

「いや、いいよ。結局は手抜き料理だからな。野菜炒めでも何でも、困ったらカレー粉をぶち込めばどうにかなる。それと同じ」

「でもおいしそう」

「わたしは今もつくりますよ」と秋乃さん。「夫からは好評」

「マジかよ」と谷さん。「育弥、あんなのでいいの？」

「うん。具が毎回変わるから、同じカレー味だけどあきが来ないって言ってる」

「毎回、と言わせるほど出してんのかよ」

「出してる。実際、楽だし」

「そうかぁ。自炊はしてないんですけど、僕もやってみようかな。レシピとかってあるんですか？」

「ねえよ」と谷さん。「最後にカレー粉。場合によっては、もう最初にカレー粉。そんだけ」

「そのカレー粉に寄せる信頼は何なのよ」と美郷さんが笑う。「あぁ。そう言ってたらカレー的なものが食べたくなってきた。メニューに何かある？」

「さすがにないでしょ」と言いながら、僕がメニューを見る。「と思ったら、まさかのこれ。カレーつけ麵」

「あるの？」

「うん。ある」

「じゃあ、締めはそれでいこうよ」

「そうだね。男性陣と女性陣とで二つかな。あと、飲みものはどうします？　最後にもう一杯ぐらい飲みましょう」

谷さんと僕はまたビール。美郷さんは生グレープフルーツサワーで、秋乃さんは生キウイフルーツサワー。

それをしっかりと記憶。

「トイレに行くついでに注文してきますよ」と言って、席を立つ。

で。

店員さんに注文を伝えたうえで、会計もお願いする。お勘定場へゴー！

支払いミッション、無事成功。

それから、一応、トイレにも行き、席へと戻る。

飲みものはすでに四つとも届いていたので、あらためてもう一度、谷さんと美郷さんの結婚に乾杯する。

そしてカレーつけ麺も到着。頼み忘れたが、タレはちゃんと四人分出してくれた。ありがたい。

それをズルズルッと頂く。

僕好みの太麵。うまい。ほかの三人も同意。

「でもカレーだから服にはねないよう気をつけてよ」と美郷さんが谷さんに言う。

何気ない一言だが、おっと思う。二人はもう同僚ではなく夫婦なのだな、と感じる。変な話、二人の服は同じ洗濯機のなかで回るのだ。グルグルと。

そのグルグルを想像しながらカレーつけ麺を食べていると、美郷さんが言う。

「今度、谷さんも釣りやろうよ」

「釣りかぁ。ガキのころにやったきりだな」

「そのときは何を釣った？」

「ハゼ。川で」

「どこの川？」

「町なかの川だよ。その辺にあるような。みつばで言う蜜葉川みたいなとこ」

「まあ、どこにでも魚はいるもんね」

「だな。どこにでも人はいんのと一緒だよ」

「ありすちゃんとやってみたらさ、ほんと、楽しいのよ。釣り」

ありすちゃん。みつば南団地に住む寺田《てらだ》ありすさんだ。今、高校二年生。

中二のときに職場体験学習でみつば局に来て、美郷さんと一緒に配達した。高校生になった去年は年賀のアルバイトにも来てくれた。そこで選んだのも配達。女子は局舎での区分を希望する人が多いが、寺田ありすさんはそうなのだ。

母親が日本人で、その母親と離婚した父親がアメリカ人。ありすさん自身も容姿はアメリカ人ふうだが、日本育ちで、話すのも日本語。趣味は日本人のおじいちゃんから教わった釣り。

その釣りを、今度は美郷さんが寺田ありすさんから教わったのだ。

「魚がかかるとさ、竿を持つ手にククッと来るのよ。で、うぉっと思う。何かね、生きてる感じがするの」

「美郷が？」

「じゃなくて、魚が」

「あぁ、そっちか」

「でも言われてみればそうかも。魚のそれを感じることで、わたし自身が生きてる感じもする。魚とコミュニケーションがとれてるんだね」

「釣っちゃうのに？」

「釣っちゃうのに。いずれは海釣りとか磯釣りとかもしてみたい。そのうち車を買って、行こうよ」

「酔うよ、車じゃ」

「自分で運転すれば酔わないよ」

「美郷が運転してるときに酔う」

「そこはがんばろうよ。楽しく話をしてれば酔わないって。昔、修学旅行とかでもそうだったじゃない」

「だからおれは行ってねえっつうの」

「それ以外に何かしら行ってるでしょ？　日帰りの社会科見学とか。ああいうの、バスで行ったよね。そういうとき、みんなで騒いでれば酔わなかったじゃない」

「まあな。でもおれは、魚が釣れなかったらイライラしそうだな」

「ほら、よく言うじゃない。そういう人のほうが釣りには向いてるって」

「言うけど。それ、ほんとなのか？」

「ほんとだよ。やってみてわかった。何かね、水と向き合ってると、スーッと気持ちが落ちついてくるの。たぶん、イライラする人のほうが、そのスーッとを、より強く感じられるんだよ」

「釣れなくてもスーッとなる？」

「なる」

「でも車は高ぇしな」

「車じゃなくてもいいよ。海はこの辺にだってあるし」

「竿とかも、結構高いんだろ？」

「ものによるでしょ。安いのもあるよ。魚も、安いものには食いつきません、みたいな意地悪はしないだろうし」

「じゃあ、竿は安いのにして、ほかのことに金つかうか」

「ほかのことって?」

谷さんは答えず、ビールを一口飲む。次いで、二口三口。さらに、四口五口。

「何よ」と美郷さんが促す。

「ドレスを借りる」

「は?」

「ドレスを借りて、着て、写真を撮る」そして谷さんはもう一口ビールを飲み、こう続ける。「おれ、美郷がウェディングドレスを着てるの、やっぱ見たいわ」


ウィンウォーン。

とチャイムを鳴らしたあと。

こんにちは、郵便局です、の言葉を用意しつつ、顔をインタホンに近づけようとしていたら。

「遅ぇよ」の声とともにいきなりドアが開く。

反射的に後退。どうにか衝突を回避する。

「あぁ、何だ」という中正人さんの声と、

「すいません」という僕の声が重なる。

僕のそれは、待たせてしまったのならすいません、のすいませんだが。中正人さんもすぐに早口で言う。

「すいません。郵便屋さんでしたか。知り合いかと思いました。約束してたんで、やっと来たのかと」

「そうでしたか。紛らわしくてすいません」とそれはそれで謝る。

「いえいえ。こっちの勘ちがいなので」

四葉フォレスト二〇三、中正人様。畦地叶太様宛ではない。今日はちゃんとご本人宛。書留。差出人さんの会社名と封書の硬さからして、たぶん、クレジットカードだ。

「書留が来てますので、ご印鑑よろしいでしょうか」

「あ、はいはい。そうか。それもあったんだ。えーと、ハンコ。ちょっと待ってください」

ドアが閉まり、十秒もしないうちにまた開く。中正人さんが顔を出す。

封書の表を見せながら、言う。

「宛名にまちがいはありませんか?」

「はい。中正人。だいじょうぶ。本人です。ぼくは畦地叶太ではないです」

その言葉につい笑う。

中正人さんも、前回の僕の訪問を覚えていたのだ。たぶん、顔まで覚えていたのだと思う。春行に似ていて覚えやすいから。

「ではこちらにお願いします」とその部分を指し示して、書留を渡す。

「はい」と中正人さんがそこに捺印してくれる。「こないだのあれは、当然、返しちゃいましたよね？」

「はい？」

「あの手紙。畦地叶太宛のあれ」

「あぁ。そうですね。差出人さんに戻させていただきました」

「叶太のお母さん、驚いただろうなぁ。えっ？　住んでないの？　って」

「そうかもしれませんね」

驚いただろう。驚いただけでなく、落胆もしただろう。引っ越し先を教えてはくれないのか、と。

「実は、これから来るの、叶太なんですよ」

「えっ？」と僕も驚いてしまう。

「その畦地叶太」

「あぁ。そうなんですか」

「こうなるなんて、ぼくも意外でした。こないだ郵便屋さんが来てくれてから、考えたんですよね。叶太のお母さんのこととか叶太自身のこととか、いろいろ。で、おせっかいかとは思ったんですけど、久しぶりに叶太にショートメールを出しました。ＬＩＮＥのＩＤは消しちゃってたんで、ショートメール。ウチにお母さんから手紙が来たぞって」

「教えてあげたんですか」

「一応。ほんとに久しぶりだったけど、連絡はしやすかったですよ。そういう、何かそれっぽい理由があったから。いいきっかけになりましたよ。ぼくも、このままじゃよくないとは思ってたんですよね。でもケンカして、まさに仲直りのきっかけがないままズルズル来ちゃって。バンドはやめたからもうこのままでいいかとも思ってたんですけど、やっぱりよくないなと」

中正人さんが書留を僕に返す。

受けとり、配達証をはがしながら尋ねる。

「畦地さんは、どうだったんですか？」

「普通でしたね」

「普通」

「はい。何もなかったような感じでしたよ。ぼくとケンカしたことすら忘れちゃってる、みたいな。まず、返事のショートメールの一行めが、正人久しぶり、でしたからね。で、手紙のことを伝えたら、マジか、それまだある？　って。あるわけないですよね。叶太宛で、ぼく宛じゃないんだから。そのあたりすら考えないんですよ、あいつは。もしそれをぼくに渡しちゃってたら、郵便屋さんがマズいですよね」

「そうですね」

「それで、手紙がないことを伝えたら、返されちゃったんならしかたねえかって。だから、住所ぐらい伝えとけよって、またショートメールを出しました。そしたら、ダリィよ、いきなり来られたりしたら困るじゃん、と。だからいきなり来られたりしないよう電話番号を教えとけよっていうそれはもう、電話で言いました。ショートメールはまどろっこしいんで。電話かけるからとショートメールで予告をして、電話。ほんと、久しぶりに話しましたよ」

「よかった、んですよね？」

「まあ、そうですね。手紙以外のこともあれこれ話して。この部屋を出て一緒に住んだカノジョと別れたことも聞きました。それも、よく聞くとやっぱり叶太が悪いんですけどね。いや。半々なのかな。何か、カノジョもカノジョで相当な人らしいから」

「じゃあ、畦地さん、今はまたちがうところにお住まいなんですか」

「今度は姉ちゃんのとこみたいです。本物の姉ちゃん。血のつながった姉」

「あぁ。お姉さんがいらっしゃるんですね」

「こないだは言わなかったですけど、お母さんは、姉弟二人を一人で育てたんですよ。なのにそれ。ほんとにダメ野郎なんですよね、叶太は」

「今はそのお姉さんと一緒に」

「はい。アパートに転がりこんだらしくて。母ちゃんには絶対言うなと言ってるみたいですけどね。その姉ちゃんがどうにかうまくやってくれるといいですよ。言ってないと叶太には言いつつ、お母さんには全部言っちゃうとか。何なら姉として弟を一から教育し直すとか」

「それで今日、ここに来られるんですか。畦地さん」

「そうなんですよ。といっても、別にぼくが呼んだわけじゃなくて。叶太が自分で言いだしました。これがまた驚きで」中正人さんは説明する。「ここ、部屋の天井裏にちょっとしたスペースがあるんですよ。物入の上の板が外れるようになってて。何か置けるとかそんなのじゃないんですけど。もちろん、人も入れないだろうし」

「確かに、そういうスペースって、たまにありますよね」

売れる前に春行が住んでいたアパートにもあったような気がする。

「で、この先がまたしょうもないんですけど。そこに叶太が卒アルを隠したって言うんですよ。高校の卒業アルバム」

「どうして、そんなところに」

「これがさらにしょうもないんですけど。ここに住んでたとき付き合ってたカノジョに卒アルの個人写真を見られたくなかったから、らしいです。何でも、超絶ダサかったとか」

「超絶、ですか」

「本人がそう言ってました。ああいう写真て、専門のカメラマンが学校に来て、クラス全員を続けて撮ったりするじゃないですか」

「そうでしたね」

「来たカメラマンが酔っぱらったみたいなおじさんで、シャッターを押される瞬間、叶太はつい笑っちゃったらしくて。そこまではそんなこと言わなかったのに、叶太の番のときだけ急に、あい、チーズ、なんて言いだしたとかで。それがツボで、爆笑したみたいです。だから、もう一回ですよね？　って言ったら、おじさんは、あい、だいじょうぶ、と。別に本当に酔ってたわけではないんでしょうけど、そもそもそんな感じの人だったんですね」

「だいじょうぶ、ではなかったんですか？　写真」

「らしいです。明るく笑ってる感じになったとかって」

「だったらいいような」

「とぼくも思ったんですけど。叶太に言わせれば、明るすぎるというか、青春を謳歌するド健全高校生、みたいになってたらしいです。カメラマンも一応プロだから、ブレたりはしてないんですよ。クリアはクリア。それで余計に健全感も増して。生徒会長みたいになっちゃってたとか。おれ、青春を謳歌してねえしって、叶太、言ってました。高校生活で笑ったことなんか一度もねえのに、最後の最後、卒業写真がそれってのはヤバいだろ。あれはおれじゃねえよ。って」

「そのアルバムを、取りに来るんですか」

「はい。隠してたのを自分でも忘れてて、引っ越してから思いだしたらしいんですよね。ほら、あれですよ。前言ったみたいに、叶太のあと、ハウスクリーニングはなしで僕が入ったから、業者さんに見つけられたりもしなかったんですよ」

「あぁ。なるほど」

「で、思いだしたらしいんですけど。そのときはもうぼくとケンカしちゃってたんで、取りにも来られなかったんでしょうね」

「そう、なりますよね」

「叶太のことだから、マスターキーは大家さんに返しても合カギは持ったままでいるんじゃないかとも思ったんですけどね」

「さすがにそれは」

「いや、叶太ならやりますよ。実際に合カギを残してたら、ぼくがいないあいだに部屋に入ったりしかねないです。でも今回そう言ってきたから、あ、ほんとに残してなかったんだ、と思いましたよ」

「それは、よかったですね」

「まあ、合カギをつかって入ったところで、金目のものを持ち去っちゃうとか、そういうやつではないんですけどね。いや、でもどうかな。買い置きのカップラーメンがあったら、それを食べちゃったりはするかも」

「自分でお湯を沸かして、ですか？」

「はい。やつならそのぐらいはします。あとはシャワーを浴びたりとか」

「すごいですね」

「すごいですよ。あいつはマジですごいです。今だってそう。来ると自分で言っておきながら、言ったその時間に来ない。だからさっき、郵便屋さんとあんなことになっちゃったんですよ。やっと叶太が来たと思ったから」

「あれはそういうことでしたか」

「はい。そこまでのやつじゃないと、親にスマホの番号を教えないとか、引っ越し先も教えないとか、そんなことにはならないんじゃないですかね。金に汚くないのが唯一の救い、なのかな。前に、スタジオ代を立て替えさせてそれを忘れちゃうって言いましたけど。あれは本当に忘れちゃってるんですよ。あのあと、いろいろ思いだしました。あいつ、金があるときは普通に人におごったりするんですよね。特に理由なんかなくても。バイト代が入ったからって飲み代を出してくれたり、コンビニでいきなり肉まんを買ってくれたり」

「いきなり、ですか」

「そう。まさにいきなりなんですよ。二個買って一個くれたりとか。何で？　って訊くと、いや、金あるからって。よく考えたら、そんなことやってるから肝心のスタジオ代がなくなっちゃうんですけど。だから、たぶん、人とうまくやりたくないわけじゃないんですよね。結果的にそうなっちゃうだけで」

「才能がある人は、どこか感覚がちがうんですかね」

「うーん。どうなんでしょう。それは関係ないんじゃないですかね。ギターがうまいといってもアマレベルではありますし。何か、すいません。またあれこれしゃべっちゃいました」

「いえ。いいお話が聞けてよかったです」

「今の、いい話ですか？」

「だと思いますよ」

　僕にとってはいい話だ。あのとき中正人さんにちゃんと居住確認をしてよかった。

そう思えたから。あれをきっかけに中正人さんが畦地叶太さんと連絡をとったのなら、それはやはりうれしい。

例えば四葉の神、今井博利さんのことを美郷さんや僕が人に話したくなるように、中正人さんも畦地叶太さんのことを人に話したくなったのだと思う。神とはちょっとちがうようだが、畦地叶太さんもまた人に話したくなるような人なのだ。

あらためて書留を渡し、ではこれで、と言おうとしたところで、中正人さんの視線が動く。僕の背後へと向かう。

そしてさっきと同じこれが来る。

「遅ぇよ」

中正人さんの視線を追って振り向くと。男性がこちらへ歩いてくる。中正人さんと同年輩。金髪の人だ。金髪だが、根元数センチは黒くなっている。

「いや、早いだろ」とその男性が言う。「まだ時間前だよ」

「叶太、午後二時って言ったろ？」と中正人さん。

「え、おれ、三時って言わなかった？」

「二時だよ。三時って言ったんなら二時半に来ないだろ」

そんな的確なことを言われ、畦地叶太さんは笑う。苦笑、ではない。むしろ楽しそうだ。どちらにとってもバレバレのうそ、なのだろう。

そして。

畦地叶太さんがそこで初めて僕の顔を見て言う。

「うぉっ！　春行！　何で？」

雨と帽子

梅雨の晴れ間は貴重。さすがに湿度は高いが、まだ夏ほど気温は高くない。とにかく、雨が降らないことがありがたい。

僕らは紙の郵便物を配達する。雨に勝てる紙はない。紙の敵は水。まあ、一番の敵は火かもしれないが、扱う人が気をつけている限り、それと接する可能性は低い。でも水は別。空から降ってきてしまう。僕らはその空の下で配達をするのだ。避けようがない。なのに濡らせない。なかなかにハードだ。

三日も四日も降られると、気も滅入る。カッパが乾ききらないうちにまた着る。そんな感じになる。夏ほどではなくても、暑いことは暑い。蒸れる。悪循環。だから晴れ間は貴重。今のうちに乾け、カッパ。乾け、秋宏。そう言いたくなる。

今日もみつば一区をまわる。

僕がみつば局に来て初めて担当した、一戸建てが多い区。カノジョも住んでいる区。いわばホーム。

雨が上がれば、ほんの数時間で路面は乾く。乾かないのは、僕ら配達員が言うところの、みつば高危険ゾーン、みつばで唯一未舗装であるみつば高校のわきの道ぐらいだ。あそこだけはいつまでも乾かない。逆に下から水が湧いているのではないかと疑いたくなる。要注意。

でもアスファルトの路面はすぐ乾く。これは昔から不思議だった。郵便配達員になるずっと前、それこそ小学生のころからずっと不思議。かなり降っても、アスファルトならすんなり乾くのだ。結局、短時間で水が蒸発するということなのだろう。日光、すごい。

などと僕にしてはちょっと大きなことを考えながら、配達を続ける。

言ったように、四時間も五時間も配達だけに集中するのは無理。合間合間にあれこれ考えてしまう。ほぼ無意識。いつの間にか考えている、という具合。

ただ、あくまでも完全に集中してはいないというだけ。それなりに集中してはいるのだ。バイクの安全運転はしているし、次の配達先のことも常に意識している。それでも頭に少しは余白の部分があり、そこであれこれ考えているのだと思う。

いつものように、みつば第二公園付近に差しかかる。

付近、としか言えないのは、近寄ったり遠ざかったりするからだ。一つの通りを端まで行ってまた戻ったりするので、どうしてもそうなる。公園に近寄って遠ざかって。しばらくはそのくり返し。

そこはすべり台とブランコと三つのベンチがあるだけの狭い公園だが。僕は密かに奇蹟の公園と呼んでいる。三好たまきに告白し、受け入れられたのがそこだから。たまきとは、配達人と受取人として知り合った。でも直接のきっかけは配達ではない。

そう。僕はたまきに郵便物を渡したのではない。下着を渡したのだ。いや、それもちがう。渡してはいない。僕は触れてない。強風で飛ばされたことを伝えただけ。洗濯ものとしてアパートの二階のベランダに干されていたそれが飛ばされた瞬間を、配達中に見た。見てしまったからにはほうっておけなかった。

落下点に行き、僕は現物を確認した。ハンカチ程度なら直接持っていったかもしれない。でもそれは女性ものの下着だった。しかも下に穿くほう。だからさすがに持っていくことはできず、飛ばされたその事実を伝えに行った。そのときが、たまきときちんと話した最初だ。

その後、小さなあれこれがあり、たまたまこのみつば第二公園で出くわしたたまきに僕が告白した。というか、飲みに誘った。そんなつもりはなかったのに言葉が出てきた感じだった。でも今を逃したらもう次はない、と思っていたことも確かだ。

僕はバイクを駐めての休憩中。だから、一応、勤務時間内だった。勤務時間内に女性に告白。本当はダメ。よくない。でも、よかった。あんな予定外の告白を、たまきは受け入れてくれた。本当によかった。

近寄ったり遠ざかったりをくり返しながら少しずつ移動していき、みつば第二公園をいろいろな角度から見る。そして一人の女性がベンチに座っていることに気づく。

正午すぎ。ランチタイム。お弁当を食べている。やはり梅雨の晴れ間ということで、出てきたのかもしれない。

さらにもう少しよく見て、思う。あれ、もしかして。

僕がみつば局二年めのころから、遠山那奈《とおやまなな》さんはそのベンチでお弁当を食べていた。僕もそこで食べるようなコンビニ弁当ではない。手づくりのお弁当だ。

当時は、この人はよくここにいるなぁ、と思いながら見ていた。

じきに、人が増えた。遠山那奈さんの隣のベンチにスーツ姿の男性が座るようになったのだ。ベンチの隣に、ではなく、隣のベンチに。でもやがては、ベンチの隣に、になった。男性もまたお弁当を食べていた。おそらくは、遠山那奈さん手づくりのお弁当。さすがに驚いた。長い連続ドラマを見ているような気分になった。

そんなとき、いつものように配達していると、一人でベンチにいた遠山那奈さんに声をかけられた。これから差し出す郵便物を預かってほしいと言われ、預かった。その際のやりとりで、遠山那奈さんがみつば歯科医院に勤める歯科衛生士さんなのだと知った。

それから何ヵ月かが過ぎたある夜。自宅で歯みがきをしたあとに歯間ブラシをつかっていたら、奥歯のつめものがとれた。ぽっかり穴があいて、何だかいやな感じだった。どうしても気になってしまうので、ついつい舌でそこを探った。

そのせいで、翌日は仕事に集中できなかった。その日は土曜。翌日曜は休みだが、歯医者さんも日曜は休み。この状態が何日か続くのか、と覚悟した。

まだ寒い時期だというのにみつば第二公園でお弁当を食べていた遠山那奈さんを見かけ、自ら声をかけた。当日の診察はさすがに無理だろうと思ったが、急患ということで遠山那奈さんは受けてくれた。奥歯に穴があいた僕の前に歯科衛生士さん登場。その意味でも、そこは奇蹟の公園なのだ。

で、今ベンチに座っている女性。いろいろな角度から何度も見て、楠《くすのき》那奈さんだと確信した。

そう。遠山那奈さんではなく、楠那奈さん。あのスーツ姿の男性、みつば市役所勤めの楠知和《ともかず》さんと結婚し、その姓になったのだ。

しばらく楠知和さんの姿が見えなくなったこともあったが、楠那奈さんの説明によれば、それは、楠知和さんが市役所のなかで異動になってランチタイムに外に出られなくなったから。交際は続いていたらしい。

ただ、ここ数ヵ月は、楠那奈さんの姿も見なくなっていた。楠那奈さんは真冬でもよく晴れた日にはそこでお弁当を食べるのだが、それも昨季はなかったのだ。

僕が背後からベンチに最接近するところで、楠那奈さんが振り向く。そして言う。

「郵便屋さん！」

ブレーキをかけてその場に足をつく。バイクを停めて、言う。

「はい。こんにちは」

「こんにちは。あの、またお願いしてもいいですか？」

「差し出しですか？」

「はい」

「行きますよ」

「すいません」

僕はグルッとまわって公園の出入口に行く。そこでエンジンを止めて降り、ベンチのところまでバイクを引いていく。

「ごめんなさい。偉そうに呼びつけたりして」

「いえ。ランチ中ですから」

蓋を開けたお弁当箱を腿に載せた状態では、動きたくても動けない。

「ほんとにいいですか？　またお願いして」

「どうぞどうぞ」

「たすかります。やっぱりポストまではちょっと距離があるので」

輪ゴムをかけられた二十通ほどの封書の束を受けとる。前のときと同じ、下方にみつば歯科医院と印刷された封書だ。

「久しぶりですね」と僕が言い、

「そうですね」と楠那奈さんが言う。

「前に検診に行ったときはいらっしゃらなかったような」

「そのはずです。育休をとってたんですよ、一年」

「そうでしたか。もしかしたらそういうことかなぁ、とは思ってました。ご結婚されたので」

「まさにそのとおりです。わたし、復帰したて。十日ぐらい前に戻りました。ここでのランチも復活。やっぱりいいですね、外は。久しぶりにちょっと晴れたんで、チャンス、と思って出てきちゃいました。もうひと雨来たら、梅雨は明けるんですかね」

「そんなようなことを言ってましたね、天気予報で。明けたら、楠さんとここでランチ、ですか？」

「うーん。微妙です。夫婦でここでお弁当ランチっていうのも、何か恥ずかしいし」

「いやぁ、いいんじゃないですかね」

「もう新婚でもないですし」

「それでも、いいんじゃないですかね」

「郵便屋さんがそう言ってくれるなら、たまにはしますよ、夫婦ランチ。見たら声をかけてください」

「いえ、お邪魔はしませんよ。で、遅ればせながら。お子さんのご誕生、おめでとうございます」

「ありがとうございます。おかげさまで、無事一歳になりました」

「お名前、お訊きしてもいいですか?」

「トモルです。息子。知識の知、というか知和の知で、知。それ一文字でともると読ませます」

「いいお名前ですね。知くん」

「って、郵便屋さん、実は知ってたんじゃないですか? 郵便屋さんは、郵便屋さんなわけだから」

「実は知ってました」とすんなり白状する。

たぶん、知くんが生まれてすぐのころから知っている。転居届を出してくれたので、配達原簿に名前も載っているのだ。これで読みはともるくんなのか、と実際に思った。

　つまり、楠那奈さん一家は配達区内に住んでいる。この一区ではなく、二区。僕の友人セトッチこと瀬戸達久《せとたつひさ》と未佳《みか》さん夫婦と同じ、みつばベイサイドコートのA棟。瀬戸家は一〇〇二号室で、楠家は一三〇三号室だ。

「漢字一文字ずつの氏名に惹かれたんですよね」と楠那奈さんが説明する。「せっかく名字が一文字だから、名前も一文字にするのもいいなぁって。書くときも楽だし。で、知の字もつかいたかったから、じゃあ、知でいいか、と。読みは、とも、も考えました。二音のそれと迷って、三音のともる。知をつかうのはわたしの意見だけど、ともるは楠の意見です」

「もう一歳ですか」

「はい。なったばかり。今は保育園にいますよ。三歳未満だから、保育料は高いですけどね。すんなり入れてよかった」

「三歳未満だと高いんですか？」

「そうなる自治体が多いみたいですね。基本三歳から、という感じで。高校の授業料さえ無償化されたぐらいだから、いずれ保育料も無償化されるんでしょうけど。早くそうなってほしいですよ。ただ、なったところで、無償は三歳からなのかな」

そして楠那奈さんは言う。「正直ね、迷ったんですよ。出産を機に退職することも考えました。育休一年で戻るのは大変だろうから。でも仕事はしたかったし。それにやっぱり、芦田《あしだ》先生のところで働きたかったんですよね」

「みつば歯科医院さんで」

「はい。歯科衛生士がこんなこと言うのはあれですけど。医院によって、というか先生によって、働きやすさはかなりちがうようなので」

そうなのだろうな、と思う。職種は関係ない。それはどんな職場でも同じ。みつば郵便局ぐらい規模が大きくなればそうでもないかもしれないが、歯科医院規模ならまちがいなくそうだろう。歯医者さんと衛生士さん。診療時間中はずっと同じ空間にいるのだから。

いや、みつば局でも、トップがよければ仕事はしやすい。僕自身のことを考えればわかる。川田君雄《かわだきみお》局長。しやすい。局員として守られているという安心感が常にある。それは働くうえで大きい。

みつば歯科医院の院長は、芦田静彦《しずひこ》先生。僕も患者として診てもらっている。奥歯のつめものがとれたあのときからずっと、検診はそこで受けている。平日の仕事後でもギリ間に合うから、でもあるが、一番の理由は、やはり芦田先生がいいからだ。話しやすいし、治療もうまい。

「でも実際に働けたのは、楠のお義父さんお義母さんのおかげでもあります。二人が後押ししてくれたことも、本当に大きかったです」

「そうですか」

「実家、市内なんですよね」

「じゃあ、地元で就職したんですね、楠さん」

「はい」

聞けば、確かに市内。みつば局の管轄ではないが、近い。

「お義父さんとお義母さん、ウチに来てもくれるし、知を預かってもくれます。預かるためにわざわざ車で来てくれたりもしますよ。その意味ではすごく恵まれてます。わたしが働きに出てるあいだはお留守番をしながら知の面倒を見るともお義母さんが言ってくれてたので、すぐには保育園に入れないことも考えましたし。まあ、そこまで甘えちゃダメだと思って、結局は入れることにしましたけど。もしすんなり入ることができなかったら、そのときはお願いしてましたね」

子を持つのはやはり大変なのだ。極端なことを言えば、赤ちゃんからは五分だって目を離せない。セトッチのところの未久《みく》くんを見ているからよくわかる。這い這いでだって、五分あれば結構な距離を進める。ソファから落ちるだけなら、五秒もいらない。

他人の僕でさえ、目が離せないな、といつも思う。といっても、僕自身はまた別の理由で目が離せないのだが。つまり、未久くんがあまりにもかわいいから。

「ではもう、楠さんも医院にいらっしゃるんですね」

「はい。います」

「そろそろ僕も検診に行かせてもらいますよ」

「ぜひ。あ、そういえば、川田局長も来てくれましたよ。そうそう。たまたまなんですけど、わたしが復帰したその日でした」

川田局長にみつば歯科医院を紹介したのは僕だ。

四年前、赴任してきたその日に歯が痛むと言っていたので、みつば歯科医院の名前と場所を教えた。で、川田局長もやはりその日のうちに治療を始め、何度かの通院で終えたのだが。そのあとも、僕同様、検診で通うようになった。

「これは個人情報かもしれませんけど。川田局長、虫歯がなくて喜んでましたよ。歯みがき指導のおかげです、教え方がうまいからです、と言ってくださいました。ネットにいくらでも出てるんですけどね。正しい歯みがきの仕方なんて」

「実際に歯科衛生士さんに教えてもらえるのはまたちがいますよ。歯ブラシを歯に当てる角度とか当てる強さとか、そういうのは画像ではわからないですし」

「というようなことを、川田局長もおっしゃってました。次もまた検診に行くからちゃんとやらなきゃと思えるって。あの人、おもしろいですよね」

「おもしろいですけど。言ってることはそのとおりだと思います。僕も同じですよ。定期的に検診を受けてるのに虫歯が見つかったら恥ずかしいですからね。指導してもらってるのに申し訳ないな、とも思いますし」

「それはこちらが言うことですよ。指導が行き届かなくて申し訳ないです、と」

「いえ。実際にみがくのは僕らですから。で、虫歯がなくてほめられたらうれしいですしね」

「検診に行くから歯をみがくって、本末転倒のような気もしますけどね」

「結果オーライじゃないですかね。人の目っていうのは、何かをするときのいいモチベーションになりますよ」

「確かに」そして楠那奈さんはこう続ける。「ごめんなさいね。郵便物を押しつけたうえに引き止めてしまって」

「こちらこそ、ランチを中断させてしまってすいません。ではこちら、お出ししておきますね」

「よろしくお願いします」

再びバイクを引いて、公園から出る。配達を再開。

でも数軒先、公園からは見えなくなるところでバイクを停め、念のため、預かった封書を確認する。切手が貼られているか。住所の番地の書き洩れはないか。せっかく預かったのに、不備があって戻ってきてしまったら申し訳ないからだ。

だいじょうぶ。不備はない。その辺をぬかる楠那奈さんではない。

その封書を仕上げたのは事務の人かもしれないが、郵便物として差し出すのを請け負ったからには責任を持つ。だから、きちんと確認もしただろう。

というそれはあくまでも僕の推測だが。検診でもう何度も接しているので、丁寧な仕事ぶりからそのくらいのことはわかる。芦田先生を含め、そんな人たちがいるから僕はみつば歯科医院に行くのだ。

今度こそ、配達を完全に再開。ふと川田局長のことを考える。

局長、虫歯なかったのか。僕も負けてられない。励まなければ。検診まで、日々歯みがきにいそしまなければ。

あの人、おもしろいですよね。と、楠那奈さんは言った。そのとおり。川田局長はおもしろい人だ。

極めつきはこれ。

三年ほど前、僕は川田局長にサインをあげたことがある。春行のサインではない。何と、僕のサインだ。タレント春行の弟ではあるがただの郵便配達員でしかない僕の、サイン。

川田局長には希穂《きほ》さんという娘さんがいる。その希穂さんが、谷さんの妹北垣秋乃さんのような春行ファン。

　本当は娘にサインをもらってやりたいところだが、それをやると公私混同になる。局長の立場を利用して部下にサインをせがんだみたいになる。とりようによってはパワハラにさえなる。と、川田局長はそんなふうに考えた。

　ならないのだ。パワハラはおろか、せがんだみたいにさえ、ならない。春行にもらいましょうか？　と、実際、僕のほうから言った。何の圧力も受けずにだ。ご機嫌伺いでもない。ノー忖度。

　それはいいよ、と川田局長は言った。

　でもその後しばらくして、サインもらえないかな、と自ら言ってきた。それが、僕のサインだった。

　春行のサインだと公私混同になってしまうが、僕のサインならそうはならない、と考えたらしい。考えたのは、川田局長自身ではなく、希穂さん。父の意を汲んだ希穂さんがそれを思いついたのだ。職場の同僚、というか部下自身のサインなら問題はなかろうと。

　笑った。

　でもそれはあとになってから。

　言われた瞬間は、驚きしかなかった。僕のサイン。意味がわからない。そんなものに価値があるはずもない。

それでもいいようなので、川田局長に言われるまま、メモ紙を一枚破り、ボールペンでサインをした。もちろん、文字を崩したサインらしいサインなど書けない。ただ普通に、平本秋宏、と書いた。川田局長にそう頼まれ、川田希穂さんへ、とも書いた。あれは、サイン史上、最も価値のないサインだったと、僕は今でもそう思っている。

そのことを話したら、春行も大いにウケていた。弟のサインの話、はどこかのバラエティ番組でも披露したはずだ。

無価値な僕のサインをあげたあと。何だか心苦しかったので、結局は希穂さんに春行のサインもあげた。僕が自身の判断で春行に書いてもらい、それを川田局長に渡したのだ。春行と僕があげたいんですよ、と言って。何でもっと早くそれを思いつかなかったのか、とそのときに思った。

川田局長は局長なのにひどく恐縮していた。希穂さんも同じだったらしい。遠まわしにずるいせがみ方をしてしまったと考えたようだ。

その川田希穂さん。当時は大学生だったが、今は日本郵政に勤めている。日本郵便ではなく、郵政。親会社だ。すごい。

就職の際、川田局長の口利きも、もしかしたらあったのかもしれない。ただ、あったとしても、単なるあいさつレベルだろう。ウチの娘が入社試験を受けるようなのでよろしくお願いします。と、その程度だったはずだ。試験の合否にもまったく関係していないと思う。

というのも。これもやはりあとで聞いた話だが。川田希穂さんは、日本で一番と言われる国立大学を出ているのだ。首都名を冠したあの大学を。

それを知ったときはあやうく、なのに春行ファンでいいんですか？　と川田局長に言いそうになった。春行にというよりは希穂さんに失礼だと気づき、どうにか踏みとどまったが。

おもしろいお父さんに、おもしろい娘さん。

どちらとも同じ日本郵政グループに自分がいることが、何となくうれしい。というか、楽しい。

その楽しい気分で配達を続け、水川忠継《みずかわただつぐ》さん宅の前でバイクを降りる。

一戸建て。和か洋かで言えば和寄りのお宅だ。壁は漆喰で、屋根は瓦。

今日は書留があるのだ。

こちらは、忠継さんと操代《みさよ》さんと直継《なおつぐ》さんの三人家族。書留は奥さんの操代さん宛だ。

忠継さんと直継さんの顔は知らないが、過去にも何度か書留を届けているので、操代さんの顔は知っている。

門扉のわき、塀に埋めこまれているインタホンのボタンを押す。

ウィンウォーン。

返事はない。

しばし待って、もう一度。

ウィンウォーン。

やはり返事はない。

不在がちのお宅、という印象はない。買物に出てしまったのかもしれない。では不在通知を書くか、と思ったそのとき。建物をまわって庭のほうから人が出てくる。

女性。帽子をかぶっている。つばがあるハットタイプのもの。首には白いタオルが巻かれている。歳は五十代後半ぐらい。水川操代さんだ。

「あ、やっぱり郵便屋さん」

「こんにちは」

「ごめんなさい。庭で草とりをしてたの。インタホンの音が聞こえてはいたんだけど、窓を閉めてたから小さくて。お隣かと思ってたら、ウチだったのね」

「気づいていただけてよかったです。今日は書留が来てますので、ご印鑑、よろしいですか？」

「はいはい。ちょっと待ってね」

そう言って、水川操代さんは庭へと戻る。

僕は門扉を開けて敷地に入り、玄関の前で待つ。

数秒後、水川操代さんがなかからドアを開けてくれる。

「すいません。作業中に」

「いいえ。草とりに夢中になっちゃった。この時期は、ほら、雨で土が湿ってるから、草も抜きやすいのよ」

「あぁ。そうでしょうね」書留の表を見せて言う。「こちら、宛名にまちがいはないですか？」

水川操代さんは首に巻かれたタオルの端の部分で顔の汗を拭って、言う。

「だいじょうぶです」

「ここにご印鑑をお願いします」

水川操代さんは捺印し、書留を僕に返す。

僕は配達証をはがし、またすぐに水川操代さんに書留を渡す。

「ではどうぞ」

「どうも」

「お手数をおかけしました。ありがとうございます」

「こちらこそ、ありがとうございます」

「失礼します」

頭を下げ、去ろうとしたら。水川操代さんに呼び止められる。

「あ、郵便屋さん、ちょっといいですか？」

「はい。何でしょう」

「玄関に入ってもらっても？」

「よろしいですか？」

「はい」

ということで、なかに入り、ドアを静かに閉める。

三和土に立ち、水川操代さんと向かい合う。背は僕のほうが高いが、段差があるので、目線はあちらが少し上。

水川操代さんが帽子をとり、すぐ横の靴箱の上に置く。

ならばと僕もヘルメットをとり、胸の前に持つ。

「あの、郵便を止めてもらうことって、できますか？」

「えーと、一定期間ということですか？　例えば長く海外旅行に出られるとか」

「そういうことではなく。息子の郵便です」

「それでしたら、転居届を出していただければだいじょうぶです。転居なさった先に、一年間は郵便物が転送されますので」

「そういうのでも、ないんですよ」

「と言いますと」

水川操代さんは言い淀む。一度完全に口を閉じて、開く。

「息子ね、直継」

「はい。直継さん」

「もういないんですよ」

「え？」

「もうというか、ずっといないです。八年前から」

「それは」

「亡くなったんですよ」

「あぁ」

言葉に詰まる。すぐに、うわぁ、と思う。不用意に、転居届を出していただければ、などと言ってしまった。どこかに引っ越したのだと勘ちがいをして。

「郵便局さんには特にお伝えしてなかったんですよ。最近はもう郵便が来ることもなかったから」

「そうですか」

確かに、水川直継さんにはほとんど郵便物が来ない。それは特におかしなことでもないのだ。親御さんと同居している若い人はそうなることも多い。むしろ来ないのが普通、と言えるかもしれない。

「ただ、ついこないだ、同窓会の通知が来て。わたしたちはあの子が小四になるときにここへ引っ越してきたもんだから、前の学校の人たちは、たぶん、直継がもういないことを知らないんですよ」

もういない。この家にではなく、この世に。水川操代さんがそう言ったように聞こえる。

「でも引っ越し先のここの住所は知ってたから、ご親切に通知をくださったみたいで」

わかる。僕も引っ越しと転校を経験しているから。しかも直継さんとまったく同じ小学四年生のときに。両親がそのタイミングで今の家を買ったのだ。

そして三十を過ぎた今、前の学校の人たちとの付き合いはほぼない。あるのは、僕が転校する際に手紙を出すからと言ってただ一人本当に出してくれたセトッチだけ。でもそれは例外。この歳でそんなふうにつながりのある人がいることのほうが珍しいはずだ。

　大人になっても付き合いがあるのは、せいぜい高校や中学の友だちまで。まず、小学校の友だちはほとんどが中学の友だちと重なる。引っ越す前の小学校にいた友だちとは、縁遠くなってしまう。

　だから、小四で引っ越したのに同窓会の通知が届くというのは、結構すごいことだ。水川直継さんが慕われていたことの証でもある。

「それはそれですごくありがたいんですよ。皆さん、直継のことを覚えていてくださるんだなと思えるから」

「その通知は、いつ届いたんですか？」

「四月だったかしら。新年度になったから同窓会でも、ということだったのかも」

「あぁ。そうですね」

　さすがにこれを自分から尋ねるつもりはなかったが。水川操代さんが教えてくれる。

「直継は、事故に遭ってしまってね」

「そうでしたか」

「バイクの事故。八年前。直継は二十二歳でしたよ。大学工学部の、四年生」

だったら、今の五味くんと同じだ。学部も学年も同じ。

「小さいころから機械いじりが好きでね。小学生のころは車だったけど、中学生のころからはバイクに興味を持って、高校を卒業したらすぐにバイクの免許をとって。あぶないからって、そこでわたしが止めておけばよかったんだけど」やや間を置いて、水川操代さんは言う。「その日は雨が降っててね、道路が滑りやすくなってたの。それで、ほら、工事現場なんかで、道路に薄い鉄板が敷かれてることがあるでしょう？　直継はそこを走っちゃって。滑って」

それもわかる。本当によくわかる。雨と鉄板。雨の日の、あの鉄板。二輪ではまず無理。滑りやすいどころではない。確実に滑る。バイクに乗るときは常に小刻みな重心移動をしているので、その上をただまっすぐ走るだけでも滑るのだ。だから絶対に走らない。直継さんが走ってしまったのなら、気づかずに、だったのかもしれない。鉄板が滑ることを知らないバイク乗りはいないから。

「もちろん、ヘルメットはかぶってたんだけど。転んだときに首をやられてしまったみたいでね」

「あぁ」と言うしかない。ほかには何も言えない。

「でも直継自身が転んだ拍子に人にぶつかったりしなくてよかった。対向車もなくてよかった。もしあったら、その車の運転手さんだって避けようがないものね。人とバイクがいきなり目の前に転がってきたら」

そうならなくてよかった。近くに人がいなくて、車もなくて、よかった。でもそれを不幸中の幸いとは言えない。そこで、幸い、という言葉はつかえない。

「大学四年生で、もう就職も決まってたの。機械部品をつくる会社。第一志望だったんで、決まったときはすごく喜んでた。でもそんなことになっちゃったから、事情を説明して、辞退させてもらって。電話じゃ失礼だと思ってね、お父さんと二人で会社の人事課に行ったの」

「そうですか」

訪ねるのはしかたない。電話では会社側も困るだろうから。ただ、何というか、それはあまりにもつらい訪問だ。水川さん夫婦にしてみれば。

「お父さんは自分一人で行くって言ったんだけどね、わたしもついていったの。直継が働くことになってた会社を見たかったから。ビルの前で待ってようかとも思ったんだけど、結局、一緒に行っちゃった。やっぱり会社の人たちにごあいさつもしたくて。直継を受け入れてくれた人たちだし。でもあちらも困ったでしょうね。あいさつをしながら、わたし、泣いちゃってたし。って、今もまた泣いちゃってるけど」

と言う水川操代さんの目は確かに潤んでいる。声も震えかかっている。

「ごめんなさいね」

「いえ」

「人事課長さんも、水川くんには期待してましたって言ってくれたの。わたしも面接を担当しましたしって。高評価で採用を決めさせていただきました、とまで言ってくれた。実際にどうだったかはわからないけどね。でも、いい会社だなぁ、と思いましたよ。まだ雇ってはいない人の家族のためにそう言ってくれるんだから。直継にそこで働かせてあげたかった。会社の力になってほしかった」

人事課長さんもうそはついていないのだと思う。本人の身になればわかる。それが事実でなかったら、言えない。そこでうそをつくのはかえってヤラしいと感じてしまうだろう。僕ならそうなる。

「直継の葬儀にはね、大学のお友だちのほかに、研究室の先生も来てくださったの。先生はそのときだけじゃなく、三回忌にも来てくださって。こちらからお伝えしたわけじゃないんですよ。そこまでしたらご迷惑になると思って、それはしなかったの。でも先生がご自分から連絡してきてくださって」

「ご自分から」

「ええ。そろそろ水川くんの三回忌ではないですか？　って。それで予定をお伝えしたら、本当に来てくださって。若い人が亡くなるのがぼくはいやなんですよ、悲しいんですよ、とおっしゃってもくださって。うれしかったですね。実はすごく権威のある先生らしいんですよ。直継もその先生の研究室に入れて喜んでたし」

　水川操代さんは先生の名前まで教えてくれた。朝賀米蔵《あさがよねぞう》さん、だそうだ。もちろん、僕は知らない。でも知ったからには忘れないと思う。この件自体、忘れようがないから。

「ほんとにごめんなさいね。関係ないことまで長々と話しちゃって」

「いえ」

「話しはじめちゃうとね、どうしても、あれもこれも知っておいてほしい、になっちゃうの」

「ちゃんと聞けて、僕もよかったです」

　中正人さんから聞いた畦地叶太さんのそれとはまたちがう類の話。でも知れてよかった。

「まさか郵便屋さんにもここまで話しちゃうなんてね」と言って、水川操代さんは照れくさそうに笑う。

　涙に笑みが混じる。笑みが混じる程度には、時間が経ったのだ。事故から。

「直継も、生きてれば三十歳。もうね、直継宛の郵便を配達してもらわなくてもいいかと思って。わざわざ止めてもらったりはしなくていいかとも思ったんだけど。

受けとるのがいやなわけではまったくないし」

郵便物は受取人さん本人にしか受けとる権利はない。たとえ家族であってもダメ。受けとれない。もちろん、そうであるべきだ。同居家族だからといって封を開けていいはずがない。だから、郵便局側が受取人死亡の事実を確認したらもう郵便物を配達するべきではない。

のだが、ここでそんなことは言わない。言う必要がない。

「でもそれをしないと」と水川操代さんは続ける。「郵便を出してくださったかたがたが、直継はまだここにいると思ってしまうから。それは、直継の真実というか、現実ではないものね」

直継の真実。現実。ずしりと来る。言葉が重い。

ここでは自分から言う。

「では今後、もし直継様宛の郵便物が来ましたら、差出人様にお返ししますね」

「はい。そうしてください」

「わかりました。そうさせていただきます」

「よろしくお願いします」

「こちらこそ、これからも郵便をよろしくお願いします」

「郵便屋さんも、バイク、気をつけてね」

「はい」

「わたし、今でも誰かがバイクに乗ってるのを見るとひやひやするんですよ。雨の日じゃなくてもそう。郵便屋さんでもそう。心配になる。できれば乗らないで、と思っちゃう。だから本当に気をつけて」

「気をつけます。お気遣い、ありがとうございます」

「今日はこのあと降るみたいだし」

「そうですね。そんな予報が出てました」

「本当に本当に気をつけてね」

「はい。本当に気をつけます。では失礼します」

深く頭を下げ、ドアを開けて外に出る。そしてそのドアを静かに閉める。

敷地からも出て、門扉もやはり静かに閉める。

ヘルメットをかぶってバイクに乗り、配達を再開する。

チラッと空を見る。

曇っている。漠然と白いのではない。黒が混ざり、薄いグレーになっている。低い位置で雲が動いている。これから降る空だ。

八年前と言えば、僕はみつば局一年め。来たばかりで、毎日このみつば一区をまわっていたころ。知らないところで、そんな悲しい事故があったのか。知らないが、ごく身近ではあるところで。

これまでずっと、郵便物が来れば僕らはそれを配達していた。水川直継さん宛のものもそうしていたはずだ。当然いらっしゃると思って。

もういない人への配達。何とも言えない。

みつば第二公園でコンビニ弁当を食べているときにザーッと来られては困るので、今日は局に戻って食堂で昼ご飯を食べることにした。

頼んだのはAランチ。豚肉のしょうが焼きだ。いただきますの十分後にはごちそうさま。降りだす前に出たいので、ランチ休憩はそれで切りあげた。午後の休憩を長くするつもりで。

そして外に出ると、空はすでに濃いグレー。どんより度も増していた。

初めからカッパを着た。せっかく乾いてくれたのに、またひと仕事してもらわなければならない。

配達を中断した地点に向かう。

雨に先行して風が出ている。もとから吹いてはいたが、ランチ休憩のあいだにかなり強くなっている。

みつば一区。住宅地内の通りを走る。まっすぐ行くと市役所通りに出る道だ。歩道も備えられている。

その歩道から車道へと、何かがふわふわ転がってくる。まさに風に吹かれた感じで。

見れば、薄手の帽子だ。女性もの。色はベージュ。中高年の女性がちょっと外に出るときにかぶるようなそれ。さっき水川操代さんがかぶっていたのと同じハットタイプだが、あれよりは少しつばが狭い。

薄手だから、軽い。軽いから、風に負けてしまう。道路で転がされてしまう。誰かがかぶっていて飛ばされたのならさすがに追いかけるだろうから、そうではないはず。

歩道の段から車道に落ちただけ。まだ路肩にある。邪魔にはならないので、僕はそのわきをバイクで通過する。

そこでついにぽつんと来る。雨粒が、頬に。

ぽつんはすぐにぽつぽつになり、すぐに本降りになる。

雨らしい雨。予報的中。お天気キャスターが言っていたように、これを最後に梅雨が明けるのかもしれない。そうなってほしい。

信号が赤になったので、停まる。

後ろを見る。後続車はないから、見える。

また少し風で動いたのか、帽子が車道に出ているのがわかる。あぁ、出ちゃったな、と思う。

拾ったところで、持ち主に返すことはできない。それが誰なのかを知らないから。持ち主自身、たぶん、もうあきらめているはずだ。いや、もしかしたら、自分が帽子を失くしたことにまだ気づいていないかもしれない。気づいたら、その時点であきらめるだろう。

落としもの。気づいたからには、僕が拾ってみつば駅前交番に届けるべきなのか。かばんや財布ならともかく、帽子。

僕が自身の配達業務を中断して交番に届けるのはやり過ぎだろう。それをやるなら、落ちている片方の靴や片方の手袋やまだ中身が残っているペットボトルなどのすべてを届けなければいけなくなる。

とはいえ。帽子。

あの帽子なら、車は普通に轢いてしまうだろう。対向車がなければ避けるかもしれないが、あれば、避けるほうが危険と判断し、あっさり轢いてしまうはずだ。

帽子が車に轢かれるのはいやだな。とシンプルに思う。

そして。雨。

風で転がされてひっくり返った帽子のなかに雨が降り注ぐのもいやだな。とやはりシンプルに思う。

あの帽子をかぶっている水川操代さんを想像する。帽子と水川操代さんが何故か結びついてしまう。

信号が青になる。直進。

と同時に考える。

帽子の居場所は車道ではない。交番に届ける必要はない。今できることをすればいい。

少し走ってから、後方確認をしたうえでUターンする。

青のうちに交差点を抜け、帽子の近くへ戻る。

歩道のわき、路肩にバイクを停め、降りる。

車が来ないうちに、そして次の風でまた転がされないうちに、帽子を拾う。

やはり軽い。生地も薄い。夏ものという感じだ。でも雨に降られれば水分で重くなるだろう。車道でそうなれば、何度も何度も轢かれてしまうかもしれない。

で、拾ったはいいが、どうするか。

歩道に置くだけではダメだ。いつかはまた転がされてしまう。あまり離れたところに置くのもよくない。持ち主が捜しに来たときに目につくようにはしておきたい。

そこで、思いついた。

横断歩道の手前。車が歩道に乗り上げないようにするために立てられている白い金属棒。上部に黄色いテープが巻かれているあれ。車止めのポール。そこにかぶせておくのはどうか。

二本あるうちの一本に、実際にかぶせてみる。

ポールはそこそこ太いから、いい具合に掛けられる。ゆらゆらすることもない。これならよほどの風が吹かない限り飛ばされることはないはずだ。歩行者の目にもつく。落としものであることも、何となくは伝わるだろう。

屋根だの庇だのはないから、雨を避けることはできない。濡れてしまいはする。でもひっくり返った状態で降られるよりはましだろう。

持ち主以外の人が持っていってしまうこともあり得る。それはもうしかたない。これでも、持ち主のもとに戻る可能性は、ここから離れたところにあるみつば駅前交番に届けた場合よりも高いように思う。雨に濡れた帽子なら、持ち主以外の人は持っていく気にならないかもしれない。

バイクに乗り、発進する前にもう一度帽子を見る。

帽子・オン・ポール。いや、それとも。ポール・ウィズ・帽子。なのか。あとで翻訳家のたまきに訊いてみよう。

発進。少し走ってから、後方をチラッと見る。

帽子。車道に落ちていたときはちょっと悲しく見えたが、ポールに掛けられた今は、ちょっとかわいく見える。ちゃんと帽子に見える。
よかった。

お天気キャスターが言っていたとおり、あれは最後の雨だった。どうやら梅雨は明けたらしい。

翌日は晴れ。快晴。空、真っ青。それを見ただけで、これは明けたでしょ、と思えた。

で、そうなると、こう。夏、ドーン！

気温は一気に上がる。湿度は下がった感じがないのに、気温は急上昇。

毎年恒例のこれ。

暑《あつ》、暑《あつ》、暑《あつ》、暑《あつ》。

暑、暑、暑、暑。

午後一時のそこまでで三十回は口にした。いや、三十回だと計算上は一時間に十回未満。それだけではすまない。もっとだ。

今日の担当もみつば一区。暑いなか、どうにかメゾンしおさいにたどり着く。

順調だな、と思う。みつば一区を配達する際に進み具合の目安としているのがこのメゾンしおさいなのだ。一時前後に来られれば順調。一時半に近ければ遅れ気味。そう判断する。

ここの一〇三号室には片岡泉《かたおかいずみ》さんが住んでいる。片岡泉さんが住んでいるからここが目安になった、と言うこともできる。僕にとってはそれだけ特別な場所なのだ。そう。片岡泉さんは、まだ住んでいる。まだ転居届は出されていない。確実に住んでいる。

去年の今ごろは、やはり住んでいたことでこう思った。もしかしたら、片岡泉さんと木村輝伸《きむらてるのぶ》さんの結婚はなしになってしまったのか。だから片岡泉さんはワンルームのこのアパートにまだ住んでいるのか。

そんな僕の不安を払拭するべく、片岡泉さんはいつものように姿を見せ、いつものようにペットボトルのお茶をくれた。いつものように話もして、僕の深読みであったことが判明した。仕事の赴任先であったロンドンから戻った木村輝伸さんの所属先が決まっていなかったのと、十月に片岡泉さんが異動する可能性があったのとで、まだ住んでいただけだったのだ。

それからほぼ一年が過ぎた今も住んでいるわけだが。結婚がなしになったとは思わない。あの二人が別れるはずがないのだ。もうそこは疑わない。そうはならないことを僕は感覚的に理解している。だから不安にもならない。

例えば事故が起こるのではないかと考えているその瞬間に事故が起こることはない。地震が来るのではないかと思っているその瞬間に地震が来ることもない。その代わり、好きな子が手紙をくれるのではないかと思っているその瞬間に手紙が来ることもない。いい知らせの電話がかかってくるのではないかと思っているその瞬間に電話がかかってくることもない。

これまでの経験から、僕はそう考えている。それを覆すのが、片岡泉さんだ。この人は期待に応えてくれる。片岡泉さんのことを思っているときにでもすんなり現れてくれる。

今日は片岡泉さん宛の郵便物はない。あるのは、一〇二号室と二〇三号室。まずは一階、一〇二。それから静かに階段を上って、二〇三。また静かに階段を下りて、空いた駐車スペースに駐めたバイクのもとへ。

でもまだ完全には戻りきらないところで、ドアが開く音がする。背後だから見えないが、音が聞こえた瞬間、もう僕にはわかっている。開いたのは一〇三号室のドアだと。

振り向く。予想は当たっている。昔から基本的に予想は外れるものだとも思っているが、この予想だけは当たる。結構自信がある。

「はい、おつかれ」

その言葉とともに、サンダル履きの片岡泉さんが出てくる。二本のペットボトルを手にして。

「こんにちは」と僕が言い、

「明けたね、梅雨」と片岡泉さんが言う。

「みたいですね」

「で、速攻この暑さ。勘弁してほしい。体がついていけないよ。はい」とペットボトルの一本を差しだされる。僕も片岡泉さんも好きなジャスミン茶だ。

「ありがとうございます」と受けとる。「たすかります」

「この時間にはムチャクチャ暑くなると予想して、今日も冷凍庫冷蔵。でも早く入れすぎた。微妙に凍っちゃった」

「あ、ほんとですね」

小さな氷の塊がペットボトルのなかでゆらゆらしているのが見える。さあ、凍るぞ、となかのお茶が気を引き締めた途端冷凍庫から出された、みたいな感じだ。

「でもこれ、もしかしたらベストな状態じゃないですか?」

「わたしもそう思った。ちょっと凍ってるけど、ちゃんと飲めるしね。結果オーライ。じゃ、そのベストな状態を楽しもう。座ろ」

「はい」

建物と駐車スペースのあいだの段に座る。二人、並んで。もちろん、密着はしないが、変に離れもしない。

まずは配達員として言うべきことを言う。

「今日は郵便物はなしです」

「了解」

「ここ数年、いつも郵便物はないのに頂いちゃってますね。お茶」

「それは関係ないよ」

「いや、あるような」

「だって、郵便があればちゃんと配達してくれるわけだから。ない日のわたしは受取人じゃないってことでもないでしょ？」

「そうですけど。まず、お客さまにいつもこうやってお茶を頂くのは申し訳ないなと」

「いつもでもないじゃない。こんなときだけだからいいよ」

こんなとき。夏の暑いとき。

「ほんとにたすかります」

「それはいいからさ。飲も」

「はい。いただきます」

飲む。液体とともにシャーベット状の氷も口に入ってくる。お茶を凍らすのはデリカシーのないことかもしれないが。冷たくておいしい。これを味わえるなら夏の暑さもありだな、と一瞬そこまで思う。

「うわ、冷たいね」と片岡泉さんが言い、

「生き返りますよ」と僕が言う。

「生き返る生き返る。暑いなかここまでがんばってきた郵便屋さんはともかく、エアコンが効いた部屋でゴロゴロしてたわたしまでもが生き返る。もうさ、郵便屋さんが一階を配って二階を配るっていう順番までわかってるから、待っちゃったよ。バイクの音が聞こえて、一階をウロウロする気配がして、階段を上る音が聞こえて、下りる音も聞こえて。はい、わたしもサンダル履いて、スタート！　そんな感じ」

「恐縮です」

「ウロウロってこともないか。ちゃんと仕事してんのに。失礼」

「いえ」

「それにしてもさぁ、毎年思うけど。夏、急すぎない？　梅雨が明けんのはいいけど、もうちょっとゆっくり来てほしくない？　あいだに何か蛹《さなぎ》みたいなものを挟むとかさ。いきなり来すぎんのよ。ちゃんと予告してほしい」

「梅雨明け宣言がその予告なんじゃないですかね」

「でも明けたその日からこれはないじゃない。こっちも準備したいよ。気持ちの準備。いついつから暑くなんのねって、知っておきたい」

「それ、必要ですか？」

「ん？」

「いやだなぁ、暑くなるなぁ、と思うわけですよね？」

「そうね」

「だったら、むしろマイナスじゃないですかね。いきなり来ちゃったほうが楽じゃないですか？　いやだなぁ、と思う期間が短くてすむし」

「うーん。そういうとらえ方もあるか」

「でも、いいですね」

「何が？」

「梅雨と夏のあいだに蛹みたいなものを挟むっていうのはいいですよ。見たいです。どんな蛹なのか」

「三日間は空が真っ暗になっちゃう、とかね」

「朝も昼もですか？」

「そう。三日停電、みたいな」

「それはきついですね」

「でも停電ではない。ちゃんと電気はつかえるの」

「だったらいいですけど」

「その代わり、気温は〇度」

「〇度は低いですよ」

「じゃ、適温。えーと、二十度ぐらい？」

「そうですね。で、湿度は下がる」

「でもそれじゃ秋だよね」

「いいんじゃないですかね。夏が終わればそれが来ますからって、秋をちょっとだけ見せておく」

「あぁ。それは、いい蛹だわ」

「梅雨明け宣言と言っちゃいましたけど。実はもう宣言はしてないらしいですね」

「え？　気象庁かどっかがしてるんじゃないの？」

「今は宣言ではなくて発表という形にしてるらしいです。梅雨明けしたと見られます、とかそんなふうに。見極めるのはなかなか難しいってことなんでしょうね」

「明けたと言っておきながらすぐ降っちゃう、みたいなこともあるもんね」

「はい」

「でもこれはもう明けたでしょ」

「と思いますけどね」

「完全に夏じゃん。真夏じゃん。これで喜ぶのは甲子園球児ぐらいでしょ」

「甲子園球児も喜ばないんじゃないですかね。好きでこの暑さのなかプレーするわけじゃないでしょうし」

「そっか。あちぃよ、ダリィよって、言ってるか」

「ダリィよまで言ってるかはわかりませんけど、あちぃよは言ってるでしょうね。それは僕も仕事中に言いますし」

「言うの？」

「言いますよ。暑、暑、暑、暑って。ここへ来るまでも連発してました」

「そうなるか。実際、この暑さだし」

「はい。で、そういえば」

「何？」

「前にここでその甲子園、というか高校野球の話をしましたよね。木村さんがよく高校野球を見るって」

「したね。テルちん、よく見るよ。相撲も高校野球も好き、若いのにＮＨＫ派。その二つがやってるときはＮＨＫばっか見てる。休みの日には第一試合から第四試合まで全部見たりもする」

「そのときにみつば高校の話もちょっとしたと思うんですけど。今年は県大会の四回戦に進んだらしいですよ」

「そうなの？」

「はい」

「四回戦て、どのあたり？」

「えーと、それに勝てばベスト十六、なのかな。だから、現時点で三十二校に残ってる、ということなんですかね」

「それは、すごいの？」

「すごいと思います。県には百五十校以上あるらしいですから。いつもは、行っても二回戦までとか、そんなだったみたいですし」

「なのにもう三回勝ってるってこと？」

「はい」

「そうなんだ。何で急に強くなったの？」

「いいピッチャーがいるんですよ。酒井礼市《さかいれいいち》くん。エースで四番、らしいです」

「投打に大活躍、みたいなこと？」

「そうですね」

「郵便屋さんも好きなんだっけ。野球」

「そうでもないですけど。局の先輩に聞きました。その人は大好きなので」

山浦善晴さんだ。山浦さんはプロ野球も好きだが高校野球も好き。野球は全部好き。このないだも、小波《こなみ》と小梅《こうめ》とひかりの次に好きなのは野球、と言っていた。小波ちゃんと小梅ちゃんは娘さんで、ひかりさんは奥さん。家族の次に野球が来るのだからすごい。

「高校生レベルだと、そんなことがあるんだね。一人すごい子がいるとチームが結構いいとこまで行っちゃうっていう」

「野球はピッチャーが大事みたいですしね。相手に打たれなければ、自分たちがそんなには打てなくても勝てますから」

「バスケとかもそうかもね。五人のなかに一人すごい子がいたら、それは強いでしょ。五分の一なんだから」そして片岡泉さんは言う。「でも確かにそんな話したね。みっ高は甲子園に出ないの？　って郵便屋さんに訊いた覚えがある。もし出たらわたし応援するって言ったんだ。自分の地元の高校でもないのにテルちんもわたし以上に応援するって。そしたら郵便屋さんが言ったの。カノジョの地元はカレシの地元でもあるって」

「よく覚えてますね」

「今思いだした。じゃあ、何、みっ高、今年は甲子園に行ける可能性があるんだ？」

「さすがにそこまでは、どうなんでしょう。やっぱり最後は本当に強いとこが勝つんでしょうし。このあたりからはもう、ほかの学校は全部強いんじゃないですかね」

「でも、そうかぁ。そういうことなら、テルちんと一緒に観に行きたかったなぁ。えーと、次勝てばどうだって？」

「ベスト十六、ですね」

「準々決勝とか？」

「準々決勝はその次です。ベスト8《エイト》から」

「その準々決勝まで進んだら観に行こうかな。早めに言って、テルちんに有休とらせて。って、その前にまずわたしが休めるかだけど」

「球場に行くんですか？」

「うん。暑そうだけどね」

「暑いでしょうね。今以上ですよ。たぶん」

「でもすぐそこの学校に通ってる子たちだって考えたら、応援したくなるもんね」

「なりますね。僕は配達をしてるから、そこに通ってた子たちも何人か知ってますし」

みつばベイサイドコートに住む柴崎《しばざき》みぞれちゃんやみつば南団地に住む宮島大地《みやじまだいち》くんだ。もう卒業してしまったが、二人はどちらもみつば高校に通っていた。

「わたしなんて野球のことはそんなに知らないからさ、観に行っても、気づかずに相手の学校を応援しちゃってたりして」

「それでもいいんじゃないですかね」

「いや、ダメでしょ」

「その子たちだって同じ県の子ではありますから」

「そうだけど。それじゃ意味ないじゃん。そんなこと言ったら、全部の試合を観て、全員を応援しなきゃいけなくなっちゃうよ」

「確かに」

「まあ、それでもいいのか。何かを真剣にやってる高校生を応援するのは、悪いことじゃないもんね」

「はい」

「って、そうなるともう、四十七都道府県の子たち全員だ」

「はい」

「はい、じゃないでしょ」と片岡泉さんが笑う。

「木村さんも、そういう意味で高校野球が好きなんじゃないですかね。何かを真剣にやってる高校生。見たくなる気持ちはわかりますよ」

「全員応援。それもありか。野球をやってるときはユニフォームを着てるからわかんないけど、そんな子たちだって私服はもしかしたらウチの店のを着てくれてるかもしれないし。ほんとにそうなら、まちがいなくうれしいし」

ウチの店。服屋さん。片岡泉さんは、カジュアルな服を販売する会社に勤めているのだ。

「それを言ったら、僕なんて、まちがいなく全員がお客さんですからね。日本全国、郵便が配達されないところはないですし」

「あぁ、そうだ。いくらネット時代でも、郵便局の世話になったことがない高校生はいないもんね」

「おそらく」

「ハガキとか切手とか、一度ぐらいは自分で買ったこともあるだろうし」

「はい」と言いはするが。

この先はどうなのだろう。いずれ、ハガキって何？　切手って何？　と言う高校生も現れたりするのか。百年後の社会科の教科書には、昔は郵便配達という制度がありました、と載っていたりもするのか。そうなるのはせめて二百年後であってほしい。いや、そうはならないでほしい。

片岡泉さんがまぶしそうに空を見て、ジャスミン茶を一口飲む。そして言う。

「わたしさ、まだここに住んでるじゃない」

「はい」

「今年も思った？」

「何をですか？」

「わたしとテルちんが別れたんじゃないかって」

「あぁ。思いませんよ。去年もそう強く思ったわけではないですし。実際、そうではない、んですよね？」

「ないよ。もちろん」

「今いらっしゃるということは、片岡さん自身の異動もなかったんですか」

「うん。去年の十月もなかったし、今年の四月もなかった。四月はあるかと思ったんだけどね、お店の子が一人やめちゃったから、わたしを動かすわけにはいかなかったみたい」

「社員さんがやめちゃった、ということですか？」

「うん。ウチの会社がブラックだからとか、そういうことじゃないよ。その子、外国に行っちゃった。テルちんと同じイギリス。ロンドンではないみたいだけど」

「結婚、とかですか？」

「ううん。留学。一応、語学留学ってことになるのかな。前から考えてたみたい。迷ってはいたんだけど、今行かなかったら後悔すると思って、決めたの。本人がそう言ってた。わたしも間接的に後押ししちゃったかも。テルちんから聞いたイギリスのこととか、ちょっと話してたから」

「おいくつぐらいのかたですか？」

「二十七、かな。わたしより三つ下」

「女性ですか？」

「そう。三十が見えてきて、より真剣に考えるようになったってことみたい。行くなら二十代のうちに行きたいよね。わたしなんて三十だからもう無理。と言いつつ、ほんとに行きたいと思ったら行っちゃいそうだけど」

「行きそうですね、片岡さんなら」

「まあ、留学はしないけどね。そういうのにはあんまり興味ないし。でも何かやりたいことがあったら、やっちゃうだろうな。テルちんに、お願いって言って。許可してくれるかな、テルちん」

「僕が言うのも変ですけど、してくれますよ」

「わたしもそう思う。してくれちゃうんだろうな、テルちんは。ほんとはいやなのだとしてもね。で、何の話だっけ」

「片岡さんの異動はなかったっていう話、です。だからまだここにいらっしゃるという」

「そうだそうだ。とにかく、異動はなかったのよ。でもね、去年の十一月にわたしのおばあちゃんが亡くなったの。お母さんのほうのおばあちゃん」

「あぁ、そうなんですか」

「三十のわたしのおばあちゃんだから、そんなに若くはないんだけど。亡くなったときが七十七か」

「でも今の平均からしたら、早いですよね」

「うん。十年ぐらい早かったのかな。女の人はもう八十七とかだもんね」

「みたいですね」

「平均でそれはすごいよね。事故とか病気とかで若いのに亡くなる人も含めてそれが平均てことだもん」

「はい」

「ウチは昔いろいろあってさ。わたし、おばあちゃんと二人で暮らしてた時期もあるから、かなりこたえたよ。おばあちゃんのこと、すごく好きだったし。って、今も好きだけど。だから、すぐに結婚するのはちょっと無理、となっちゃって」

「あぁ」

「喪に服す期間て、亡くなったのがおじいちゃんおばあちゃんだと三ヵ月から半年とからしいんだけど、ちょっと短いんじゃないかなってわたしは思っちゃう。だってさ、そんなの、他人に決められることじゃないもんね。一般的にそうだっていうのはわかるけど。みんながみんな同じっていうのもおかしいし」

「言われてみれば、そうですね」

「ほとんど会ったことがないおばあちゃんとよく世話になってたおばあちゃんが同じでいいはずないよ。ほとんど会ったことがないおばあちゃんを下に見るわけではないけど」

「はい」

「ってわたしが言ったらね、テルちんが、じゃあ、結婚はもう少し先にしようって言ってくれたの。わたしが落ちついたらでいいって。そう。カフェ『ノヴェレッテ』でコーヒーを飲んでるときに言ってくれたんだ」

「『ノヴェレッテ』で、ですか」

「うん。去年郵便屋さんに割引券をもらって初めて行ってから、あそこ、よく行ってるよ。テルちんもコーヒーがおいしいって言ってる」

「ならよかったです」

「江島《えじま》さんとも話すようになったし」

「あ、そうですか」

江島丈房《たけふさ》さん。僕と同い歳。カフェ『ノヴェレッテ』のマスターだ。勤めていた会社をやめて、去年店を開いた。

「江島さん、郵便屋さんのこと知ってるんだね。驚いちゃった」

「配達をしてますからね。休みの日にはお客としても行きますし」

「そうなんだってね。郵便屋さんに割引券をもらったんですよって言ったら、もしかして平本さんですか？　って言われて、すごく驚いた。さすが郵便屋さん。知られてるんだね。ほんとにこの町のダーリンなんだね」

「江島さんはたまたま知ってただけですよ」

「そんなだから、わたしも、喪に服してると言いながら、『ノヴェレッテ』にコーヒーを飲みに行ったりはしてるんだけど。テルちんと普通にデートもするし、お酒も飲んじゃうし」

「それはいいんじゃないですかね。おばあちゃんも、デートするな、お酒飲むな、とは言わないでしょうし」

「そうだよね。わたしも思った。おばあちゃんなら、デートしな、お酒飲みなって言うだろうなぁって。もしかしたら、早く結婚しな、とも言うかも」

　言うのだろう。片岡泉さん自身がそう思うなら、たぶん、そうなのだ。

「だからね、結婚は十一月にするつもり。一応、一年は喪に服したつもりで」

「そうなんですか。おめでとうございます」

「って、早いよ」

「聞いたからには言わないと」

「でもほんとはうれしい。ありがとうございます。って、喪に服してんのに言っちゃっていいのかな」

「あ、じゃあ、僕も、おめでとうはマズかったですかね」

「まあ、いいか。三ヵ月から半年、のその半年は過ぎてるし」

「ではあらためて。おめでとうございます」

「ありがとうございます」そして片岡泉さんは続ける。「というわけでね」

「はい」

「わたし、ここにいるのは九月まで。ついこないだ、異動することも決まったから」

「もう決まってるんですか？　十月の異動が」

「うん。新しいお店がね、錦糸町にできるの。十月からはそこに行く。そもそも自分で手を挙げたの。新店に行きたい人を社内で募集してたから」

「そういうことですか」

「新しいとこはいいなと思って。一からお店をつくるのは楽しそうだし」

「楽しそうですね、確かに」

「お店は錦糸町でテルちんの会社は丸の内だから、そっちのほうに住もうと思ってる。テルちんもわたしも近い江東区辺りかな。物件は今探し中。二間だとどこも高いけどね。そこはテルちんにがんばらせるし、わたしもがんばる」

「江東区。よさそうですね」

「自分で手を挙げといてすぐに休みますってわけにはいかないから、結婚しても、子どもはちょっと先になるかな。あらかじめ、一人増えてもいいような物件にはしておくつもりだけど」

一人増えてもいいような物件。いい言葉だ。

さすがに氷はほぼ解けたジャスミン茶を一口飲んで、言う。

「でも、そうですか。ついに」

「ん？　何？」

「みつばから片岡さんがいなくなると、ちょっとさびしいですよ」

「ちょっとなの？」

「あ、いえ、言葉の綾です。すごくさびしいと僕が言うのも変なので、あえて、ちょっと。その意味でのちょっとです」

「わたしはね、郵便屋さんがいないとこに移るの、すごくさびしいよ。わたしがいなくなって郵便屋さんがさびしくなるのの、倍はさびしいかな」

「倍はいかないですよ。というか、さびしさはまったく同じじゃないですかね。どちらが多くもなく、少なくもなく」

「だとしたらうれしいよ。郵便屋さんもわたしと同じぐらいさびしいんだとしたら」

「同じですよ」

「同じならちょっとヤバいよ、郵便屋さん」

「ヤバいですか？」

「うん。ヤバい。さびし過ぎ。うさぎなら死んじゃうかも」

「あぁ。うさぎはさびしいと死んじゃうって言いますもんね。さびしいから食欲がなくなって、それがもとで病気になったりして、結果死んじゃうっていうようなことらしいですけど」

「それもまたさびしいね。というか、悲しい」

「そうですね」

「わたしも、引っ越したら食欲が落ちちゃったりして。郵便屋さんがいないから。でも、あぁ、食欲ねぇ～、とか言いながら、わたし、気づいたらポテチとか食べてそう」

「食べましょう。僕も片岡さんがいなくなって食欲が落ちたらそうしますよ。楽に食べられそうなものを食べます。死なないようにします」

「こんなこと言っちゃいけないけど。郵便屋さんはほんとに死なないでね。郵便屋さんが死んじゃったら、わたし、また喪に服さなきゃいけなくなる」

　あくまでも冗談だと思ったが、片岡泉さんはこんな現実的なことを言う。

「バイクの事故とかに気をつけてね。この先もずっと」

「気をつけます」

「いや、わたしさ、こないだ、ちょっとあぶない場面を見たのよ。国道の交差点のとこでね、バイクが右に曲がろうとしてたの。郵便屋さんが乗ってるのよりはもうちょっと大きいバイクかな。信号は青だったのよ。ほら、右折信号みたいなのがあるじゃない。矢印の。あれが出てたわけ。だから、対向車側の信号はもう赤になってるの。バイクは、当然曲がろうとするよね」

「しますね」

「対向車側は車の流れが途切れてて、停止線のとこで停まってる車はなかったの。でもね、真ん中の直進する車線をトラックが走ってきたのよ。かなり大きいやつ。運転席は高いとこにあって、車輪はいくつも付いてる、みたいな」

「わかります」

「わたしは歩道を歩いてて、たまたまそっちのほうを見てたのね。で、あれ、トラック、スピード落とさないけどだいじょうぶ？　停まれる？　と思って。そしたらさ、ほんとに停まらなかったのよ」

「直進してきたってことですか？」

「そう。たぶん、ノーブレーキ。そのままのスピードで交差点に入ってきたの。バイクは曲がろうとしてたんだけど、それに気づいてギリ回避。左側によけた。ひやっとしたよ。もうダメだと思ったもん。曲がろうとしてたから、体を右に傾けてるでしょ？　それを無理に左に持っていったから、何か、ギュルンとなって」

「転ばなかったんですか」

「どうにか。そのあともちょっとふらついて、でも何とか足をついて停まった」

「トラックはどうしたんですか？　バイクをよけようとはしなかったんですか？」

「少しはした。でも、ほら、とにかく大きいんで、素早くは動けないじゃない。だから、全体がちょっとうねった程度で、そのまま走っていった。何だったんだろう。居眠り運転だったのかな」

「そうかもしれないですね」

「あれは周りにいた人も車もあせったと思うよ。とにかく、事故にならなくてよかった」

「ほんとですね」

「トラックのドライバーはバイクの人に感謝しなきゃダメだよね。だって、よけられない可能性のほうが高かったもん。絶対にあの一瞬で何かが変わったよ。ドライバーはバイクの人に一千万円払ってもいいくらい。よけてくれたことで、まちがいなく救われたんだから」

「そうなんでしょうね」

「そのあとにさ、思ったのよ。やっぱりバイクはこわいなって。もちろん、悪いのは車のほうなんだけど、事故に遭ったらもうどっちが悪いもないもんね。どっちが悪くたって、同じように傷は負っちゃうんだから」

「はい」

「テルちんがバイクに乗る人じゃなくてよかったと思ったよ。で、そのあとに、郵便屋さんのことを考えた。国道を走ることはそんなにないだろうけど、一日じゅう走ってるんだから、あぶないことはあぶないよね。だからさ、ほんとに気をつけて」

「気をつけます。ほんとに」

言いながら、水川操代さんと直継さんのことを思いだす。いや。事故回避の話を聞いた時点ですでに思いだしてはいたのだ。

事故が起こるのではないかと考えているその瞬間に事故が起こることはない。それは、そのときはきちんと注意するから、という意味だ。でも常に、ハンドル操作をちょっと誤ったらもう終わり、という状況にいることは変わらない。そうなれば、事故は確実に起こるのだ。

片岡泉さんが言うように、何かは一瞬で変わってしまう。そして一瞬で変わったあとも、残された人の生活は続く。それは一瞬ではすまない。延々と続く。

「ねぇ、郵便屋さん」

「はい」

「LINEのID教えて」

「え？」

「もしかしたら会うのはこれが最後かもしれないから、連絡先の交換ぐらいしようよ」

「あぁ」

「ダメ？」

「まさか。ダメじゃないです。僕からお願いはできないですけど、片岡さんがそう言ってくださるなら、ぜひ」

「といっても、別に連絡なんかしないから安心してね」

「安心て」

「郵便屋さんとLINEのIDを交換したってテルちんにもちゃんと言うし。いざとなれば連絡できるっていう安心感があればそれで充分。実際、そんないざはないはずだし」

「連絡はしてくださいよ。無理にする必要はないですけど、しようと思ったら、そのときは気軽にしてください」

「いいの？」

「もちろんですよ」

「じゃあ、しようと思ったら、する。それもちゃんとテルちんに言って」

「もしあれなら、木村さんにも教えてもらっていいですよ。僕のＩＤ」

「ほんとに？」

「はい。どうぞ」

「それはテルちんも喜ぶよ」

「喜びますか？」

「喜ぶ。だって、春行コネクションじゃん」

「コネクションて」

「テルちんとＬＩＮＥでつながっても、密かにわたしの悪口を言い合ったりしないでね」

「しませんよ」

「わかってます。郵便屋さんはそんなことしない。テルちんもしない」

片岡泉さんがジャスミン茶を飲む。

僕も飲む。氷はすっかり解けたが、まだ冷たい。まだおいしい。

「別に連絡なんかしない、と言っておきながら言っちゃうけど」

「はい」

「何年か先、わたしたち、バーベキューとかやってたりしてね」

「バーベキュー、ですか？」

「うん。テルちんと郵便屋さんのカノジョさんも交えて」

「あぁ」

「何なら、わたしたちの子どもと郵便屋さんたちの子どもも交えて」

「おぉ」

「って、わたし、普段バーベキューなんてやらないんだけど」

「やらないんですか」

「やらない。アウトドア派じゃないし。むしろ全力でインドア派だし。でも、まあ、未来のことはわからないしね。今自分でそう言ったら、何か、やりたくなってきたよ。いずれその気になったらやろうね、バーベキュー」

「そうですね。やりましょう」

「でも考えたら、わたしたちの関係を子どもたちにどう説明するか、難しいよね」

「確かに。郵便の配達人と受取人さんですもんね。学校のクラスメイトでもなく。

同じ会社の人とか近所の人とかでもなく」

「そこはシンプルに、友だち、でいいのか」

「はい」

「いや、でもやっぱり配達人と受取人かな。そのほうがしっくり来る」

「まあ、それでいいのかもしれないですね。実際、片岡さんは永久に受取人さんですし」

「どういう意味？」

「郵便がある限り、人は永久に受取人ですよ。どこにいても、その住所に必ず配達はされますから。で、郵便は絶対になくなりませんし」

「最後に出たね」

「はい？」

「郵便屋さんの今年の一言。郵便がある限り、人は永久に受取人。ついでにもう一つ。郵便は絶対になくならない」

「そう言うと大げさですね。逆に、なくなると思ってる人の言葉に聞こえます」

「いや、でもそうでしょ。ネットができる前から、人はそんなふうにつながってきたんだから。世界じゅう、どこの誰にだって郵便は出せるわけだし。出してくれれば受けとれるわけだし。その意味ではさ、郵便屋さんはここにいるだけでもう、世界のダーリンなんだね」

「ということは、世界じゅうの郵便屋全員が世界のダーリンなんじゃないですか?」

「それはちがうよ。ダーリンはダーリン。特別は特別。さすがにわたしも、郵便屋さん全員にダーリンダーリン言ったりしないよ」

「うれしいです。でもそのダーリンを、木村さんの前ではあまり言わないほうがいいような」

「もう言ってるし」

「言ってるんですか」

「とっく。場合によっては、テルちんも郵便屋さんをダーリンて言うからね。そういえば最近ダーリンは? とか、このハガキはダーリンの配達? とか。わたしたちにしてみれば身近な存在なんだよ、ダーリンは。だから将来のバーベキューもあり。余裕で、あり」

百年後の社会科の教科書には、昔は郵便配達という制度がありました、と載っていたりもするのか。とさっき言った。あくまでも、日々の全戸配達はなくなるかもしれない、という意味だ。

あらためて思う。郵便そのものは絶対になくならない。そこは確信できる。郵便がなくなるとしたら、それはまさに世界そのものが終わりに近づいているときなのだろう。争乱に次ぐ争乱でどの国も無政府状態になっている、というような。今の見立てだと、五十億年後に地球はなくなってしまうらしい。意味はよくわからないが、太陽に飲みこまれてしまうのだという。

そうなるならそのときはしかたがない。でもそうなる前に世界が終わってほしくない。郵便も、なくなってほしくない。

隣に座っている片岡泉さんを見る。

片岡泉さんはいつものように笑っている。何が楽しい、というでもなく。ただ顔に笑みを浮かべている。

僕は言う。

「ジャスミン茶、おいしいですね」

朝。局の区分棚の前で美郷さんが言う。

「平本くん、いいニュース」

「何？」

「峰崎《みねざき》さん。四葉の」

「うん」

デイトレーダーの峰崎隆由《たかよし》さんだ。かつてはトレーラーハウスに住んでいて、今はその土地にある6ＬＤＫの一戸建てに住んでいる人。そのトレーラーハウス時代、そこに空巣が入ったのを僕が配達中に見かけ、警察に通報した。

「娘、誕生」

「そうなの？」

「うん。昨日、配達したとき、峰崎さん本人に聞いた」

「へぇ。そうか」

昨日、僕は休みだったのだ。だから美郷さんの報告は今。

「それで、どうすればいいか訊かれたの。だから転居届にお子さんのお名前を書いて窓口に出していただければ確実ですって言っておいた。名前も聞いちゃった。ミアちゃん。美しいに亜細亜の亜で、美亜《みあ》ちゃん」

「美亜ちゃん。いいね。美織《みおり》さんからとったのかな」

「そうだって」

美織さん。奥さんだ。空巣事件のあと、峰崎隆由さんと結婚した。

「美と織のどっちかをつかおうと思ったんだけど、美のほうが選択肢が多いからそっちにしたたって、峰崎さんが言ってた」

「峰崎美亜ちゃん。6ＬＤＫがやっと活きるね」

「いや、まだまだ。これでやっと三人。あと三人はいけるでしょ。あの家なら子どもが四人でもだいじょうぶ。子ども四人に犬二匹、ぐらいはいけるんじゃない?」

「いけそうだね」

「室内犬じゃ番犬にはならないかもしれないけど」

「でも建てるときにセキュリティは万全にしたって言ってたから」

「何かあったらちゃんと通報してくれる郵便屋さんもいるしね」

「僕はもういいよ。次は美郷さんがして。今度空巣を見かけたら、美郷さんに通報するから」

「それをわたしが警察に言うの?」

「そう」

「そう、じゃないよ」

峰崎美亜ちゃん誕生。確かにいいニュースだ。

朝からのそれはいい。人ごとでも、いいものはいい。お裾分けをもらったような気分になる。

そしてその手のいい気分は案外続くのだ。暑、暑、暑、暑、を何度も口にしながらではあっても。

この日の担当はみつば一区。僕はいつものように配達をこなす。バイクの運転に気をつけて。完全にではないが、ちゃんと集中して。

で、やはり頭の余白で考える。まずはいい気分の流れに乗って、顔は知らない峰崎美亜ちゃんのことを。次いで、やはり顔は知らない水川直継さんのことも。

去年も、受取人さんの死と何度か接する機会があった。

僕は今年三十二歳。歳をとってきたからか、そちらへの意識が二十代のころよりは少し強まったような気がする。

でもそれは死を恐れるようになったということではない。死を受け入れられるようになった、という感覚に近い。

亡くなる人もいれば、生まれる人もいる。これからもずっとそう。地球ではこれまでもずっとそんなことがくり返されてきて、これからもずっとそんなことがくり返されていく。もしかしたら、五十億年間。

今日もみつば第二公園付近を行ったり来たりする。

ベンチに楠那奈さんはいないのだな、と思う。

水川忠継さん宅の郵便受けに水川操代さん宛のハガキ一通を入れる。書留ではないので、訪ねたりはしない。

午後一時にはメゾンしおさいに差しかかる。片岡泉さん宛の郵便物はないから一
〇三号室の前は素通りする。

暑いので、ランチは局の食堂でとる。今日は定食のB。サバの味噌煮。僕は肉も好きだが、魚も好き。三十代になって、魚が好きな度合いが上がったような気もする。

そして残りの配達にかかる。

まっすぐ行くと市役所通りに出る道を通る。歩道も備えられた道だ。

そこでふと気づく。

あれ？

帽子がない。なくなっている。横断歩道の手前に立てられた車止めのポール。その二本のうちの一本にかぶせておいたあの帽子だ。

ここ何日かはあるのが当たり前になっていた。帽子をかぶったポールが町の風景に溶けこんでいた。なくなったことで、違和感を覚えた。

風で飛ばされたわけではないだろう。このところ強い風は吹いていないし、吹かれたところで簡単に飛ばされる感じでもなかったから。

たぶん、誰かが持っていったのだ。

梅雨が明けたというのに、あれから一度雨が降った。でも小雨。そのあとは降っていない。帽子は完全に乾いていたと思う。かぶるなら、一度は洗濯したほうがいいかもしれないが。

ちょっとさびしい気持ちと、それを上まわる安堵がある。
帽子。
持ち主のもとに戻ったのならいい。
その人の頭にちゃんと載ってくれてたらいい。

秋の逆指名

結局、みつば高校野球部は四回戦で負けてしまった。一対六。完敗だったらしい。

それは山浦さんに聞いたのではなく、自分で調べた。

もちろん、野球好きの山浦さんと話しもした。やっぱりエースの酒井一人じゃダメだったかぁ、と山浦さんは残念がっていた。でもそれで運よく甲子園に出られたとしてもそこでは通用しないんだよなぁ、とも言っていた。

だから、みつば高校はあのときのままのベスト三十二止まり。五回戦にも準々決勝にも行けなかった。片岡泉さんと木村輝伸さんも観戦には行かなかったはずだ。

そのことを片岡泉さんと話してはいない。会ったのはあのときが最後になったから。

予告どおり、九月の終わりに片岡泉さんから転居届が出された。転居先は、これまた予告どおり、江東区。

今は十月。転送開始希望日も過ぎている。もうメゾンしおさいに片岡泉さんはいない。僕らが建物と駐車スペースのあいだの段に座って一緒にお茶を飲むこともない。

さびしいことはさびしいが、それでいいのかもしれない。人はそんなふうに動いていくのだ。そんなふうに人が動くことで、町も動く。

ただ。

片岡泉さんは片岡泉さん。やはり最後までちがった。

もう会うことはなかったが、何と、僕にお茶ではない差し入れをくれた。密かにファンが多い鶴巻《つるまき》洋菓子店のクッキーやマドレーヌの詰め合わせを、局の窓口に持ってきてくれたのだ。

そのとき僕は配達中。会うことはできなかった。片岡泉さん自身、僕に会うつもりで来たわけではない。

窓口でそれを受けとったのは、僕より一歳上の畑中杏《はたなかあん》さん。前にいた局で谷さんと一緒だった人だ。畑中さんは郵便の窓口担当ではないが、たまたま声をかけられたという。

そのときのことは、畑中さん自身から聞いた。

あの、すいません、と片岡泉さんは言った。わたし、あやしい者ではないので、とも言った。疑われてもいないのに運転免許証を畑中さんに見せたという。そして言ったそうだ。

わたし、みつばに住んでたんですけど、引っ越すんですよ。局の人たちが何年も丁寧に配達してくれたんで、これはそのお礼です。とりあえず、みつばを担当してた平本さんに渡してください。メゾンしおさいの片岡って言えばわかると思うから。で、配達の皆さんに食べてもらってください。

配達は当然されるものなのでどうかお気遣いなく、と畑中さんは言ったようだが、片岡泉さんも引かなかったらしい。

ＴＹマークでおなじみ鶴巻洋菓子店のこれはほんとにおいしいんですよ。といっても、食べものをもらうのはちょっとこわいだろうから、食べなくてもいいです。でも、もらってください。ただの受取人にできるのはこのくらいなんで。

そう言われてはしかたない。畑中さんはお礼を言って受けとった。その後、僕に渡してくれた。野原課長に預けたりするのでなく、帰局後の僕に手渡ししてくれた。

その際、経緯を話してくれたうえでこう言った。

すごいよ、平本くん。こんなの初めて。普通、ないよ。

だと思う。そんなことは、普通、ない。

手渡しはしてくれたが、畑中さんは、そうする前に野原課長にもそのことを伝えたそうだ。そんなうれしいことは黙ってられないから、と。

畑中さんに聞いた外見も差し入れを渡すときのやりとりの感じも明らかに片岡泉

さんのそれだったので、僕はクッキーとマドレーヌをありがたく頂いた。

失礼ながらまずは自身で毒見をしてから、美郷さんや山浦さんや木下さん、さらにはほかの人たちにも配った。考えてみれば、それも配達。局内でのとても有意義な配達になった。

片岡泉さんが退去した、メゾンしおさい一〇三号室。

春ではなく秋のこの時期だからすぐには埋まらないかもなぁ、と思っていたが、そんなことはなかった。みつばの町が人気なのか、不動産屋さんが優秀なのか、一ヵ月もしないうちに次の人が入居した。

久世滋臣《くぜしげおみ》さん。会ったことはまだない。転居届は出してくれたが、郵便物はそんなに来ないのだ。もしかしたらこの先もずっと会わないかもしれない。手渡しが必要な書留も大きな郵便物も、来ない人にはまったく来ないから。

でもそれこそが普通なのだ。受取人さんの名前は知っていても顔までは知らないのが普通。一緒にお茶を飲むほうがおかしい。

人の動きは、局内でもあった。

片岡泉さんのそれとちがってさびしい動きではなく、うれしい動き。出るほうではなく、入るほう。社員ではなく、アルバイトさん。

そう。五味くんに続く新しい長期のアルバイトさんがやっと入ってくれたのだ。

しかも僕が知っている顔。瀬戸家や楠家と同じみつばベイサイドコートのA棟に住む大島卓《おおしまたく》くんだ。

この大島くんのことは、単に受取人さんとして知っているだけではない。もうちょっと知っている。

今から四年前。大島くんが中学三年生のとき。僕は大島家に特定記録郵便を配達した。

特定記録は、書留の一歩前みたいな郵便物だ。配達の際に受領印や署名はもらわないが、差出人さんに受領証は渡す。だから引受けの記録は残る。出しましたよ、という証拠は残るのだ。ただし、書留とちがい、事故があった場合の損害賠償はない。

僕ら配達員は郵便受けに入れるだけ。手渡しはしない。よって、家族の誰がそれを手にしたかまではわからない。

宛名は大島若子《わかこ》様。そしてその日、大島家でその郵便物を手にしたのは大島くん。それは、進学塾が生徒の親御さん宛に出したテストの結果通知だった。

順位がよくないことは初めからわかっていた。だから大島くんはその通知を若子さんに見せず、密かに処分した。

で、来るべき郵便物が来てないと、若子さんが局に言ってきた。いわばクレームの形で。

引受けはした。その記録は残っていた。配達もした。それは、当時アルバイトをしてくれていた荻野武道《おぎのたけみち》くんの記憶に残っていた。なのに現物はない。

僕が大島家に出向いて若子さんに事情を説明したが、納得してはもらえなかった。そうなると、もうどうしようもなかった。事実はどうだったのか、わかるはずもないのだ。

が、意外にも、わかった。公園で休憩中だった僕を見かけた大島くんが、自ら話してくれたのだ。

みつば第三公園。僕が密かに奇蹟の公園と呼ぶ第二ではなく、第三。マンション区のみつば二区にある公園だ。大きさは第二とほぼ同じ。ただ、第三には鉄棒がある。僕は今でもそこで休憩するときは鉄棒を利用する。逆上がりと前まわりを三セットずつやるのだ。

実はアルバイトをする前の荻野くんに初めて声をかけられたのも、その三セットをやっているときだった。そして大島くんに声をかけられたのも、やはり三セットをやっていたとき。

郵便物を密かに処分したことで罪悪感を覚えていた大島くんは、すべてを僕に話してくれた。母親の若子さんに悪いことをした、というだけでなく、配達員の僕にも悪いことをした、とも考えてくれたらしい。

事実を知って、安心した。誤配ではなかった。テストの結果通知という個人情報のなかでもよりデリケートな情報を他人に洩らしてしまったのではなかった。それを知れただけで充分だった。もちろん、お母さんにも話してね、みたいなことは言わなかった。

でも大島くんは話してくれた。

何故そこまでわかったかと言うと。若子さんから僕に年賀状が来たからだ。みつば郵便局、みつばを配達の平本様、というざっくりした宛名で。

大島くんに聞いて事情を知った旨が書かれていた。丁寧なお詫びの言葉も書かれていた。とてもうれしかった。くらべるものではないが、片岡泉さんからのクッキーやマドレーヌに迫るぐらいうれしかったかもしれない。

それから四年弱。高校生を経て大学生になった大島くんが、運転免許をとったからと、配達のアルバイトに来てくれたのだ。それは本当にうれしい。

野原課長に大島卓くんというその名前を聞いたときは、ほんとですか？　と言ってしまった。ベイサイドのですよね？　A棟のですよね？　とたたみかけてしまった。

大島くんの通区は、もちろん、僕がした。

その際に本人に聞いたところでは。大島くんは都内の私立大学に通っている。かつて春行も受けて落ちた大学。そこの商学部だ。偏差値は結構高いはず。実際、中学生だったあのころ、偏差値は六十五だと言っていた。大島くん。やはり頭はいいのだ。

では何故テストの結果通知を密かに処分することになったのか。何故そのテストの順位はよくなかったのか。

答は簡単。勉強をまったくしなかったからだ。勉強がいやになったということではない。テスト勉強をまったくしなかったらどうなるのかを試したのだ。当時本人がそう言っていた。結果、予想以上に順位が下がったので母親に言えなくなってしまったのだと。

大島くんは大学生になったら郵便配達のアルバイトをするつもりでいたという。だから土日のほかもう一日休めるように授業の履修登録をしたそうだ。

でも若子さんには言われたらしい。学業が疎かになるからアルバイトはしちゃダメ。

それは想定ずみ。やるのは郵便配達だから。大島くんはそう言った。それで若子さんも折れた。

大島くんは僕にこう説明した。

「母親、あの件で郵便局に負い目があるんですよ。って、結局それはぼくのせいなんだけど。だから、みつば局で郵便配達をやるって言えば反対できないことはわかってました」

それを聞いて、僕は言った。

「大島くんがアルバイトをしてくれるのはうれしいけどさ、こちらは何とも思ってませんからと、お母さんには言っといて」

大島くんに担当してもらうのは、みつば一区。配達未経験のアルバイトさんにはまずここをやってもらうことが多い。局から近く、区画整理されていて道路もまっすぐなので、配達がしやすいのだ。

神通区などでは決してないが、通区はできる限り丁寧にやった。家ごとの注意点も細かく伝えた。一度で全部は覚えられないから、何か不安だったらそのときは局に持ち戻って、とも言った。

似たような造りのお宅が多い埋立地のみつばは注意点が少ないほうだ。ほとんどのお宅が郵便受けを備えてくれているし、それらはたいていわかりやすい位置にある。敷地が広いお宅が多い四葉だと、案外わかりにくい位置にあったりするのだ。納屋の柱にくくり付けられていたり、生け垣の陰に隠れていたりと。

みつば一区での注意点は例えばこれ。かつての白丸クリーニングみつば店、小田《おだ》育次《いくじ》さん宅。

もう閉めてしまったクリーニングの取次店だが、建物はそのまま残っている。出入口にはシャッターが下ろされていて、そのわきに郵便受けが掛けられている。そして同じ敷地にある住居のほうにも郵便受けがある。ならば郵便物はそちらに入れるのかと思いきや。店のほうに入れるのだ。

何故そうなったかと言うと。閉めたものの愛着はある店に何か役割を持たせたかったから。小田育次さんの言葉をそのまま借りれば。この建物全体が小田家の郵便受け。と、そう考えることにしたわけ。店に郵便受けが掛かってるんじゃなくて、郵便受けの後ろに店がくっついてるっていう理屈だね。

亡き奥さん牧代《まきよ》さんとの思い出が詰まった店は壊せない。残しておくなら何かの役に立たせたい。つまりそういうことだ。

説明に時間はかかったが、これはそのまま大島くんに伝えた。そのほうが記憶しやすいだろうと思ったから。

それと同じ感じで、水川忠継さん宅のことも伝えた。

事情を明かすべきかは少し迷ったが、結局は明かした。細かなことまでは話さず、水川直継さんがバイク事故で亡くなったことだけを話した。そしてはっきりこう言った。直継さんはもうお住まいではないから、もし直継さん宛の郵便物が来ても、絶対に配達はしないで。

そこでは珍しく、絶対に、という言葉をつかった。僕にああ言ったにもかかわらず直継様宛の郵便物を入れられたら、水川操代さんはとても残念な気持ちになるだろうから。

で。

通区をすませた大島くんは、着実に成長してくれている。一ヵ月が過ぎ、みつば一区をほぼ一人でまわれるようになっている。週二勤務でのそれはすごい。まだ十九歳。若いだけに覚えも速い。慣れるのも速い。ひと安心。

その大島くんがいない日は、たいてい僕がみつば一区をまわる。

今日もそう。

十月が終わり、先に控える冬を意識させるやや冷たい風が吹く。早くも防寒着着用の検討を始めながらも、僕は快調に配達する。そして午前のうちにワンルームのアパート、ハニーデューみつばに差しかかる。

ハニーデュー、は蜜。たぶん、蜜葉の蜜だ。ここには僕の初恋の人、出口愛加《でぐちあいか》ちゃんが住んでいる。三年半前に移ってきたのだ。もちろん、僕がみつば局に勤めていることなど知らずに。

部屋は二〇五号室。二〇四号室はないから、二〇三号室の隣。角部屋。

今日の郵便物はＤＭハガキが一通。ドアポストにそれを入れた直後、そのドアが開く。顔を出すのは、もちろん、出口愛加ちゃんだ。

「こんにちは」と言われるので、

「どうも。こんにちは」と返す。

「覗き窓で平本くんかを確かめてから出ちゃった」と出口愛加ちゃんが説明する。

僕と同い歳、今年三十二歳の女性にちゃん付けもないが、小三時に僕の転校で別れ、大人になってから再会しているので、どうしてもそうなってしまう。

「といっても、実は一瞬だからよくわからなかった。ヘルメットもかぶってるし。でも平本くんだろうな、とも思った。静かに歩く感じで、何となく」

「そうか。よかったよ、鼻歌とかうたってなくて」

「いつもうたってるの？」

「うたってはいないけど。たまに変なメロディを口ずさんでることはあるかな。有名なうたのとかではなく、思いつきのそれ。ほんとに短いやつ。で、どうしたの？」

「あぁ。どうしたってことはないんだけど。何ていうか、報告」

「報告」

「うん。カノジョさんがいるのに外で会ったりメールを出したりはできないから、ここで」

「何だろう」と言ってから、こう続ける。「それは、えーと、この場で話しちゃってもだいじょうぶなようなこと？」

「だいじょうぶ。お隣は土日休みの人で、今朝も出かけていったから」

お隣。二〇三号室の人。名前まで言ってしまうと、米屋《よねや》りおんさん。去年の四月に入居した。顔は知らない。

「お仕事の邪魔しちゃいけないから手短に言うね。わたし、カレシができた。パティシエをしてる人」

「というのは、お菓子をつくる人？　鶴巻洋菓子店みたいな、ああいうところに勤める人？」

「そう。鶴巻洋菓子店、知ってるの？」

「うん。こないだ、クッキーとマドレーヌをもらった」

「おいしいよね、あそこの」

「おいしかったよ」

「わたしが勤めるお店のよりはちょっと高いけど。でも高いだけあるよ。わたしも好き。まあ、それはいいとして。わたしも洋菓子を売ってるでしょ？　そこの社員。つくるほうの人。今は社員パティシエだけど、将来は独立を考えてる」

「へぇ」

「って、これ、もしかしたら言っちゃいけないのかな。でも平本くんならいいか。会社に告げ口しようがないもんね」

「うん。告げ口しようがあっても、しないよ」

出口愛加ちゃんはカレシの名前まで教えてくれる。堀木澄親《ほりきすみちか》さん、だそうだ。僕らより一つ下の三十一歳。

「平本くんも知ってるようなわたしの過去のことは全部話しちゃった。思いのほかすんなり話せたよ。彼自身も前のカノジョとはいろいろあったみたいで、先にそれを話してくれたから。彼にあったのは、わたしとは逆のことだけど」

「逆」

「付きまとわれたんじゃなく、勝手な理屈で一方的に去られたの。約束とか全部破られて」

そう。出口愛加ちゃんは、付きまとわれたのだ。別れた夫に。

それでしばらくは苦しんだ。だから誰にも連絡先を教えなかったし、だから知り合いが誰もいないこのみつばに引っ越してきた。そうしたら、小学三年生までの知り合いであった僕が配達をしていたのだ。

「傷を持つ者同士、何か、気が合っちゃった。でもお互い変に気をつかうのはよそうねって話してる」

「それがいいだろうね。って、僕が言うことでもないけど」

「いや、平本くんにそう言ってもらえると安心するよ。それでいいんだなって思える。あ、そういえばさ、平本くん、高場麻里弥《たかばまりや》って覚えてる？　あの、すごくかわいかった子」

「あぁ。うん」

覚えている。やはり同級生。その小学三年生のときにクラスが同じだった。

当時、出口愛加ちゃんはクラスで二番めにかわいいと言われていた。一番とされていたのがその高場麻里弥だ。事実、僕もそう思っていた。外見が一番かわいいのは高場麻里弥だろうと。一番好きなのは出口愛加ちゃんだったが。

「わたしは知らなかったんだけど、麻里弥も離婚して、再婚したんだって」

「そうなんだ。僕も知らなかったよ。って、当然か。そのころの人だと、セトッチとしか付き合いはないから」

「瀬戸くんも知らないのかもね。女子のことだし」

「そうかも」

「あんなにかわいかった麻里弥でも離婚するんだから、そりゃわたしも離婚するよって思った。で、再婚にもちょっと目が向いた。麻里弥がしたからってことではないけど。でも再婚を身近に感じはしたかな。ほら、わたしの場合はあんなだったから、離婚したあと、結婚なんて二度としないと思ってたし。でも時間が経って、ここで生活も立て直して、麻里弥のことも聞いて。ちょっと変わった」

よかった、と思う。高場麻里弥が離婚して再婚したことが、ではない。出口愛加ちゃんの目が再婚に向いたことが、でもない。出口愛加ちゃんが高場麻里弥の情報を知るようになれたことが、つまり昔の友だちとまた連絡をとれるようになったことが、だ。流れでつい思いに反することを言ってしまったが。出口愛加ちゃんの目が再婚に向いたことも、やはりよかった。

「だからね、近々ここを出ることになるかもしれない。来年の四月に更新なんだけど、もしかしたらその前にでも」

「それは、えーと、再婚するということ？」

「まだそこまでは。一緒に住むってことかな。お互いそんな過去があるから、まずは一緒に住んでみる。それが先」

だったらまだおめでとうは言えない。同棲おめでとう、とは言いづらい。でもこうは言う。

「よかったね」

「うん。ほんと、ここに住んでよかった。平本くんに会えたから」

「いや、僕は何も。配達をさせてもらってるだけだよ」

「知り合いが一人もいないはずの町に来て、いたのがまさかの平本くん。それって奇蹟でしょ」

「というより、ただの偶然でしょ。配達をするだけだから、頻繁に会うわけでもないし」

「会いはしないけど。配達のたびに平本くんがドアのすぐ外まで来てくれるじゃない。それは大きかったよ。会う気になればいつでも会える。そう思えたのは本当に大きかった。そのお礼も兼ねての、ご報告。わたしが転居したらそれはそういうことだからって、平本くんには伝えておきたくて。ごめんね。時間をとらせて」

「いえいえ。そういうことなら、よかったよ」

「いつも配達ありがとうね」

「こちらこそ、いつも郵便のご利用、ありがとうございます」

「といっても、すぐに出ていくわけじゃないから、引きつづきよろしくお願いします」

「お願いします」

「じゃあ、お仕事がんばってね」

「うん」

ドアが閉まるのを待って、歩きだす。静かに階段を下り、バイクに乗る。

そうか。また町が動くのか。と思う。これはさびしい動きなのか、うれしい動きなのか、判断が難しい。こともない。まちがいなく、後者。うれしい動きだ。初恋の人が結婚して幸せになるならそれはうれしい。

その後、ランチはみつば第二公園でとった。第二なので、鉄棒はなし。逆上がりも前まわりもなし。

コンビニで買った明太のり弁当。イカフライ入り、というところにちょっと惹かれ、それにしたのだが。まさにそのイカフライの一切れを食べていたとき、メールが来た。

LINEのメッセージではなく、メール。まさかと思ったらそのまさかだった。聖奈《せいな》。午前中は出口愛加ちゃんで、午後は井上《いのうえ》聖奈。小学校時代の初恋の人のあとは、高校時代のカノジョ。

さっそく読む。書かれていたのはこれだけだ。

〈再婚して、杉山《すぎやま》聖奈になりました。よろしく〉

「そうなの?」と声が出る。まだイカフライを飲みこんでもいないのに。

離婚のときも思ったが。早いな。

井上→野島《のじま》→井上→杉山。離婚して野島から井上に戻ったのは、去年の夏だ。

やはり休憩中にメールが来た。結婚や出産だけでなく、離婚まで僕に伝えるのかと驚いた。

あれから一年。あのときの驚きはまだ残っている。そこへのこれ。今回も驚いた。が、去年ほどではない。離婚を伝える人なのだから、再婚も伝えるだろう。そんなふうには思える。

で、よかった、とも少し思う。

去年、離婚を聞いたときはかなり不安になったのだ。まだ二歳ぐらいの娘聖花《せいか》ちゃんはだいじょうぶなのかと。

でも再婚したのならよかった。聖花ちゃんはまだ三歳ぐらい。その歳なら、むしろいいかもしれない。血のつながりはなくても、お義父さんを初めからお父さんとして受け入れられるかもしれない。

去年は、離婚を伝えるメールをもらったあとにこう返信した。

〈聖奈さんと聖花ちゃんにとってよかったのであれば、よかったです〉

それで終わりのつもりだったが、そのあとすぐに聖奈はこんなメールもくれた。

〈今は聖花と二人でやってます。じいじとばあばに見てもらってもいるけど〉

だから少しは安心できた。

今回は、こう返信した。

〈おめでとうございます〉

それのみ。それ以外には何も言いようがない。

これなら聖奈から二つめのメールは来ないはず。

おめでとうございます、で終われる。

充分だ。


毎年、五月と十一月には職場体験学習がある。

郵便局の行事というよりは、中学校の行事。授業の一環として中学生に職業の現場を体験させるというものだ。普通は二年生のときにおこなわれる。

男子は配達業務や窓口業務、女子は区分業務や窓口業務を体験してもらうことが多い。そんななか、女子で配達を希望したのが例の寺田ありすさんだ。美郷さんの釣りの師匠。

みつば郵便局が受け入れているのは近隣の三校。四葉中とみつば北中が五月、みつば南中が十一月。

だから今回はみつば南中。僕も一人見ることになっている。

で、当日の朝。野原課長に言われる。

「平本くんはみつば二区、ニトウリョウイチロウくんに付いて」

「はい」

「ご指名だから」

「はい？」

「ニトウくん本人からのご指名。どうしても平本さんでお願いしますっていう」

「何ですか、それ」

「いや、ほんとにそうなんだよ。ニトウくんが希望してるの」

「おぉ！」とそばにいた美郷さんが声を上げる。

「すごい！」と山浦さんも続く。「プロ野球のドラフト会議みたい。この場合は、選手からの逆指名か。聞いたことないよ。職場体験学習で中学生が配達員を逆指名なんて」

確かに聞いたことがない。転居した受取人さんにお礼の品をもらうのも初めてだったが、これもまた初めてだ。

野原課長によれば。漢字にすると、仁藤亮一郎《にとうりょういちろう》くん。

みつば南中なわけだから、みつば南団地に住む仁藤亮一郎くんだろう。と、そこまではわかる。でも顔は知らない。もしかして。会って話したことがあるのか。例えば仁藤くんがまだ小学生のころに、とか。

そんなことを考えながら配達の準備を整えたところで、中学生たちが来局。仁藤くんと対面する。

顔、見てもわからない。身長は百六十センチ強。体つきは標準的。がっしりしてはいないが、華奢でもない。

「こんにちは」と自分から言う。

「こんにちは」と仁藤くんも返してくれる。

つい探ってしまう。

「初めまして、だよね?」

「はい」

「そうか。よかった。僕が忘れてたのかと思ったよ」と正直に言う。「課長に聞いたんだけど。僕を、と言ってくれたの?」

「はい」

「どうして?」

「えーと、ぼくは南団地に住んでて」

「うん。そうなんだね」

「宮島さんに聞いて」

「もしかして、宮島大地くん?」

「そうです。大地くん」

仁藤くんの顔が少し明るくなる。緊張が解けたように見える。

「ぼくはD棟の四〇三で、大地くんは四〇四で」

「あぁ。向かいなんだね」

「はい」

四〇三と四〇四。五階建ての四階。同じ階段をつかうのだ。上っていって、左側が仁藤くん、右側が宮島くん。

「だから小さいころから知ってて。団地の公園でよく遊んでもらったりもして」

「AB棟とCD棟のあいだにある小さい公園？」

「はい。ぼくが中学生になってからは、たまに勉強を教えてもらったりとかも」

「へぇ。家庭教師ってこと？」

「そこまでちゃんとしたものではないけど。大地くんはみっ高から国立の大学に行って頭がいいから、数学とかのわかんないとこをぼくが訊くくらいで。悪いからってウチの親はお金を払おうとするんだけど、大地くんはたまにだからいいですよって」

宮島くんなら言いそうだ。たまにでなくても言いそうだ。

その宮島くんを、仁藤くんは大地くんと言う。宮島くんは大学二年生。今年二十歳。だから仁藤くんよりは六歳上のはず。

歳上をくん付け。懐かしい。子どものころはそうだった。中学生になると、くん、は、先輩、に変わるが、相手が親戚や近所の人だと、歳をとってからもくん付けのままであることも多い。

「それで、ちょっと前、また勉強を教えてもらってたときにこの職場体験学習の話になって。何を選んでいいかわかんないって言ったら、大地くんが、おれは郵便局だったよって。すごくよかったからってすすめてもくれて。一緒に配達した平本さんの話も出ました。すごくよかったって。すごく丁寧に教えてくれて、すごくためになったって」

「おぉ、そんなうれしいことを」

「最初配達はつらいかと思ってたけど、やってよかったとも言ってました」

宮島くんが中学二年生のとき、僕らは一緒に配達した。

みつば二区。宮島くんが住むみつば南団地も含まれる区だ。みつば一区はほかの子が希望したので、そうなった。

僕はバイクで宮島くんは自転車だから、そんなには急げない。時間をかけてゆっくりまわった。

僕が丁寧に教えるまでもなく、宮島くん自身がすごく丁寧に配達してくれた。安全に気をつけよう、みたいなことも初めに言っただけ。宮島くんが気をつけないことは一度もなかった。配達中も、歩行者優先を常に心がけた。宛名確認も慎重。もうそのまま長期のアルバイトさんとして働いてほしくなった。

「高二のときに会ったのが最後だから今もまだみつば局にいるかわからないけど、いたら平本さんにお願いしてみるといいよって、大地くんが」

「そこまで言ってくれたのか」

「はい。ただ、言われなくてもお願いしてたかも。大地くんに話を聞いただけで、やってみたいとぼくも思ったし」

「そうか。何よりだよ」

高二のときに会った、と宮島くんが言ったそれについてもよく覚えている。

わざわざ会ったわけではない。たまたま会ったのだ。僕がみつば高校のわきの道で転んだから。

そう。みつば高危険ゾーン。雨が降るとなかなか土が乾かず、バイクを転倒へといざなう魔の道。わかっていたのにいざなわれ、僕も転倒したのだ。しばらく転んでいなかったので、ちょっと甘く見ていたとこもあって。

その転倒した瞬間をたまたまグラウンドから見ていたのが、サッカー部員の宮島くん。何と、水をたっぷり入れた大きなヤカン二つを持ってすぐに駆けつけてくれた。転倒したのが僕平本だと気づいたからではない。気づかなかったのにだ。そうと気づいたのは現場に来てから。

宮島くんはヤカンの水で、僕が着ていたカッパに付着した泥をきれいに洗い流してくれた。四葉には今井博利さんという神がいるが、みつばの神はこの宮島大地くんかもしれない。

その神が仁藤くんに紹介してくれたのなら、それはとても光栄だ。

職場体験学習は平日の三日間おこなわれる。今回で言えば、火、水、木。生徒さんには三日とも配達してもらう。

実は僕も中学二年生のときに経験している。それがきっかけで今の仕事を選んだわけではないが、まったく影響していないわけでもないだろう。もともと身近ではあった郵便局をそれでさらに身近に感じるようになったのは確かだから。

ただ、そのときに担当してもらった配達員さんの名前は、申し訳ないが忘れてしまった。二十代の男性。丁寧に教えてくれた。印象はとてもよかった。

宮島くんは、自身の職場体験学習のあとにその、みつば高危険ゾーン平本転倒事故、もあったから僕の名前を覚えていたのだと思う。だとしても、ありがたい。何が幸いするかわからない。あそこで転んでおいてよかった。

仁藤くんと僕がまわるのは、宮島くんのときと同じみつば二区。マンションが多ければ集合ポストも多いので、配達はしやすい。その代わり、世帯数も多いから物量も多い。

初日の午前中、初めの一時間は、低速で走るバイクのあとに自転車でついてきてもらい、通区時のように配達を見てもらった。

そのあとは、実際に配達をしてもらった。注意点はそのときに伝えた。といっても、マンション区の場合はほとんどが集合ポストなので、家ごとの注意点は少ない。ただ。宛名確認は、一戸建てのお宅に配達するとき以上に大事。

というのも、集合ポストはたいてい差し入れ口が狭く、そのうえダイヤルロックがかけられてもいるので、入れてからまちがいに気づいても自分では取り出せない可能性があるのだ。

もしそうなったら、インタホンで受取人さんに事情を説明して取り出してもらわなければならない。不在なら、その旨を記したメモを入れ、あとで引きとりに来るしかない。それは避けたい。だから現場での宛名確認は大事。集中も必要。

かつての宮島くん同様、仁藤くんも慎重に配達してくれた。初めの数軒は毎回、入れちゃってだいじょうぶですか？　と不安げに訊いてきたが、じきそれもなくなった。

午前の配達を終えてのランチは、やはり宮島くんのとき同様、みつば第三公園でとることにした。そのほうが、より実際に近い体験をしてもらえると思ったからだ。

でもそこはある意味お客さんとも言える中学生。無理強いはできない。だから、局に戻って食べるのとどちらがいいかを出発前に本人に尋ねていた。公園、と仁藤くんは言った。

一応、学校の決まりで、仁藤くんはお弁当持参。僕はコンビニ弁当を買った。宮島くんのときは、僕がおごった。お母さんを中学一年生のときに亡くした宮島くんは、伯母さんと二人暮らし。その伯母さんは朝が早いのでお弁当はつくれない。だからコンビニで昼ご飯を買うつもりでいたのだ。

自分で払います、とみつば神《しん》の宮島くんは言ったが、そこはおごらせてもらった。カッコをつけさせてもらった。

だから今回仁藤くんにもおごりたかったが、お弁当はあるのでそれはできなかった。代わりに飲みものをおごった。仁藤くんはお茶の入った水筒を持ってきていたのにそうした。さすがに自分の昼ご飯を買うためだけに中学生をコンビニに付き合わせるわけにはいかないので。

飲みものだけでは何だと思い、ついでにホットスナックのチキンもおごった。それはその場での思いつき。あ、これも食べよう、何がいい？　と尋ねた。そこで仁藤くんが選んだのがチキンだ。

みつば第三公園でベンチに並んで座り、昼ご飯を食べた。仁藤くんはお母さんがつくったお弁当とチキン。僕はコンビニのお好み幕の内弁当とチキン。

いただきますを言って、食べはじめた。それを聞いて仁藤くんもいただきますを言ったので、言わせたみたいでちょっと恥ずかしくなった。

食べながら、ざっくり尋ねてみる。

「配達、どう?」

「大変です。自転車、思ったより重いし。二人乗りよりはずっと軽いはずなのに、重い」と答えたあと、仁藤くんはあわててこう続ける。「あ、二人乗りはダメだけど」

「気をつかわなくていいよ」と笑う。「僕は仁藤くんの先生じゃないから。制服は着てるけど警察官でもないし」

「何か、後ろに人を乗せるときよりふらつく感じがします」

「そうかもね。何でだろう。人なら自分で重心の移動をしてくれるけど、郵便物だとそれがないからなのかな。自転車が傾いたら、その傾いたほうにゴソッと寄っちゃうしね」

「寄っちゃいました」

「でもそういうのにはすぐ慣れるよ。三日もいらない。明日には、というか、このあと午後にはもう慣れるんじゃないかな。仁藤くんは若いし」

「配達にも、慣れますか?」

「配達そのものにってこと?」

「はい」

「慣れるよ。さすがに三日では難しいけど。一ヵ月ぐらいはかかるかな」

「配達先とかって、全部覚えるんですか？」

「覚えるね」

「覚えられますか？」

「自然と覚えるよ。覚えようとしなくてもね。今の段階でコース順に覚えようとしても無理。だから初めのうちは地図とか表札とかで確かめながらになっちゃう。でも実際に何度も配達してるうちにいつの間にか覚えてる。と、そんな感じかな。現場に来るとわかるっていう」

「へぇ。そういうものなんだ」

「うん。そうなったら楽だよ。あとはまさに自然と体が動くから。郵便受けに入れる前の宛名確認をしっかりやるだけでいい」

「雨も、降りますよね？」

「降るね。雪も降るし、台風も来るよ」

「来たら、どうするんですか？」

「直撃みたいなときは、遅れてもやむなしってことになるかな。速達と書留だけは配達するとか。それは受取人さんも理解してくれるだろうし。今日は降らなくてよかったね」

「はい」

「今のとこ、明日も明後日もだいじょうぶっぽいよ。天気予報を見たけど、傘マークは出てなかった」

「でも、ちょっと降ってほしいような」

「ん？」

「降ったらどんな感じなのかも知りたいし」

「おぉ。すごい。そんな人は初めてだよ」

「せっかくだから、体験してみたいです。職場体験学習だし」

「まあ、そうか。一度体験してみるのも、いいかもしれない」

ペットボトルの緑茶を飲み、あ、これもあった、と思いだしてチキンを食べる。で、驚く。久しぶりに食べたが。うまい。久しぶりだからそう感じられるだけなのか。それとも、実際に質が上がっているのか。

仁藤くんがいきなり言う。

「ぼくは大地くんほど頭がよくないから」

「ん？」

「そんなにいい学校には行けないと思うんですよ」

「あぁ」

「勉強もそんなに好きじゃないし」

「そうなんだ」

「はい。でも体を動かすのは好きなんですよ」

「あ、そういえば仁藤くん、部活は？」

「陸上部です」

「陸上か」

「球技とかよりただ走ったりするほうが好きなんで。何か、余計なことを考えなくていいというか。南中に陸上部があってよかったです。今はないとこも多いみたいだから」

子どもが少なくなっている、ということなのだろう。実際、マンモス校と言われるような学校は少なくなった。都市部でも、中学校はせいぜい四クラス。少なければ二クラス。そんな印象がある。それでは部をいくつもつくれない。

「種目は何？」と尋ねてみる。

「長距離です。千五百メートルとか」

「うわ、きついやつだね。練習は、何をするの？」

「ひたすら走ります。ジョギングに始まって、ペース走とか、インターバル走とか」

「ペース走っていうのは？」

「二百メートルごとにペースを上げて走る、とか」

「インターバル走は？」

「二百メートルを速く走ったあとに百メートルジョグ。それを十本。とか」

「大変だ。僕にはとても無理。そこの鉄棒で逆上がりと前まわりをやるだけで充分運動をした気になるからね。でもさ、普段それをやってるなら、自転車での配達は楽なんじゃない？」

「ただ自転車で走るだけなら楽だろうけど、配達があると全然ちがいます。あれこれ考えなきゃいけないし。次はどこに行くとか、宛名は何ていう人だとか」

「それも、やってるうちに自然と考えられるようになるよ。無意識なんだけどそこだけは意識してる、みたいに」

仁藤くんもチキンを食べる。噛んで、飲みこんで、言う。

「これって体を動かす仕事だから、やってはみたかったんですよ。そういうの、今のうちからいろいろ試してみたいなと思って。将来仕事に就くときのために」

「すごいな」とまたしても言ってしまう。

「すごくないです」と仁藤くんはあっさり否定。「いい会社には入れなそうだからっていうだけなんで」

「僕は中学生のときにそんなこと考えなかったよ。高校生でも、まだ考えなかったな」

「車の免許がないから宅配便とかはやれないけど、郵便なら自転車でやれるからいいなって、大地くんに話を聞いて思いました」

「高校生になったら、ぜひ年賀のバイトをやってよ」

「やるつもりでいます」

「お、うれしい。局としては大だすかりだよ」

「だから今日はその第一歩です。アルバイトをやれるのは二年先だけど」

本気で感心する。将来の就職を見据える中学生。宮島くんとはまたちがう感じにすごい。今の中学生はみんなこうなのか。いや、そんなことはないはず。

将来いい会社に入るためにいい大学に入る。そのためにいい高校に入る。そのために小学生や中学生のときから勉強する。そんな子が多いのはわかる。

でも。こんな子もいるのだ。地に足がついてるというか、ちゃんと自分の頭で考えてる。頼もしい。頭がいい子。それは、たぶん、本当はこんな子のことを言うのだ。

「平本さん、今日はぼくと一緒だけど、いつもは一人なんですよね？」

「そうだね。午前中に局を出たら、夕方帰るまではずっと一人」

「それは、何か、いいです。一人で走るのと似てるような感じで。といっても、千五百メートルなんて、走ってるのはせいぜい五分だけど」

「でもわかるよ。僕もスポーツをやるなら個人競技を選ぶかもしれない。自分であれこれ調整できるのは楽しいもんね。実際、配達のときも、ペースを上げられるかは自分次第だし」

「だったらぼくは向いてるかも。って、一日じゃわかんないか。って、まだ半日か」

「初日にそう言えるなら、仁藤くんは本当に向いてるよ。普通はそんなこと言えない」

お茶はあるからということで買ったスポーツドリンクを一口飲んで、仁藤くんは言う。

「ウチは大地くんのとことちがって、お父さんがいないとかじゃないんですけど」

「うん」

「お父さんが会社やめて、一年ぐらい家にいたことがあって」

「それは、いつごろ？」

「ぼくが小四から小五ぐらいのとき。まだ十歳とかだから、そんなには気にならなかったんだけど。でも今思えばかなり長くて」

そのころの一年は確かに長い。三十を過ぎた今の僕にしてみればそうでもないが、十歳のころの一年は長い。

「お母さんがパートを増やして、お父さんが家事をやったりもして。でもあんまりうまくいかなくて、ケンカとかも増えて。あれ、ウチもしかしたらヤバいかもって思ったところでお父さんはまた会社に勤めるようになって。お母さんが、リョウはこうならないようにねって、こっそりぼくに言って」

「言ったんだ?」

仁藤くんはうなずいて、言う。

「別に大した意味はなかったんだろうけど、記憶には結構残って。何かよくわかんないけどどちゃんとしなきゃマズいなと思って。それで、あれこれ考えるようになっちゃいました。お父さんも学校の成績とかはあんまりよくなかったみたいだし。それはぼくもそうだから、どうにかしなきゃヤバいぞって」

「今そう考えられる仁藤くんはちっともヤバくないよ。この先もだいじょうぶだと思う。なんて他人の僕が簡単に言っちゃいけないけど。でもさ、そんなふうに考えられること自体が仁藤くんの能力なんだよ。大げさに言えば、危機管理能力」

「ただ不安なだけのような」

「不安になれるのは強みだよ。不安にならなかったら、まちがえて熱湯に飛びこむようなこともしかねない。不安になるから宛名の確認もするし、バイクも安全に乗るんだよ」僕は笑って言う。「熱湯は、いやだよね？」

「いやです」と仁藤くんも笑って返す。

「仁藤くんがこの先大学に行くのかはわからないけど。高校には行くよね？」

「はい」

「だったら考える時間はまだまだあるから、今はまさに職場を体験する、してやる、くらいの気持ちでいればいいいんじゃないかな。今の仁藤くんの歳なら、そんなにあれこれ拾いに行かなくても、経験したことは自然と残っていくから。自分で残そうとしなくても、ちゃんと残って身になるからだいじょうぶ。僕の感覚からするとさ、今の時点で仁藤くんはもう充分先を行ってるよ。何なら、同学年の子たちだけじゃなく、遥かに歳上の僕より先を行ってる」

「そんな気は全然しないです、自分では」

「うん。そうなんだと思うよ。でもさ、それもまたそれでいいんだよ。今日初めて会った僕にそう言われたぐらいで、あぁ、じゃあ、ぼくはだいじょうぶだ、と思っちゃわない仁藤くんはやっぱりだいじょうぶ。正常」

仁藤くんはチキンの残りを食べ、スポーツドリンクも飲んで、言う。

「大地くんの言うことを聞いてよかったです」

「ん？」

「ぼくのなかで早くも上のほうに来ました」

「何が？」

「郵便配達が」

「あぁ。ほんとに早いね」

「はい。でもこんなふうに思えたのは大きいです。ちょっと気が楽になりました。迷っても最後には郵便配達があるな、とも思えるから」

「そう思ってもらえるなら僕もうれしいよ。ただださ、だからこそこれも知っておいてほしいんだけど」

「はい」

「仁藤くん自身は、年賀状を出す？」

「えーと、そんなには出さないです」

「そんなにはっていうと？」

「去年は、出してないか。小学生のころ、お母さんに言われておじいちゃんおばあちゃんに出したことはあるけど」

「友だち同士で出したりは？」

「しないです。今年も、たぶん、しないし」

「年賀状に限らずさ、やっぱり社会全体がそういう方向に進んでるんだよね。紙のごみは減らしましょう、ネットでできることはネットでしましょうっていうふうに。もちろん、小包はあるけどね。宅配便とか」

「はい。それはウチにも来ます。通販とかで」

「うん。だから配達自体がなくなることはないんだけど。これから形は変わっていくと思うんだよね。例えば何十年か先、こういう配達は週二回、なんてことになるかもしれないし。そうできるところにはＡＩもどんどん導入されるだろうし。そうなったら、現場で働く人は減るよね。いきなりそうなるわけじゃないから、今いる人を切るとかそんなふうにはならないだろうけど、採用する人を減らすようにはなる。だからさ、正直、今後の見通しが決して明るいわけではないんだよ。それは、知っておいてほしいかな。ちゃんと考えてる仁藤くんだからこそ」

「そう、なんですね」

「でも、まあ、郵便のなかでまた何か新しいものが出てきたりはするかもしれない。それが何かって言われてもわからないけど。だからさ、仁藤くんはこの先もいろいろ経験して、あれこれ考えてみてよ。選択肢は多いほうがいいし、さっきも言ったみたいに時間はまだあるから。と、そんなことを言っといてさらに言うのも何だけど。いろいろ経験してあれこれ考えた結果、仁藤くんが郵便を選んでくれたらうれしいよ」

「いろいろ経験して、あれこれ考えます」

「うん。そうして。じゃあ、そろそろ行こうか。午後の部」

「はい」

午後の部は、午前の部にくらべれば短い。中学校には中学校の時間割があるので、それに合わせて早めに切り上げなければいけないのだ。だから最後まで一緒にはまわれない。

それでも、午前から午後までぶっ通し。しかも初めて会う大人と一緒に動く。中学生にとっては長い時間であるはずだ。せめていい体験になってくれていたらいい。

ごみをひとまとめにしてレジ袋に入れ、それを手に立ち上がる。

ヘルメットをかぶる前に、僕は仁藤くんに言う。

「たくさんのことを話しちゃってうまく伝わったかわからないから、最後にこれだけね」

「はい」

「僕は好きだよ。郵便」


年賀ハガキは毎年十月の終わりか十一月の初めに発売される。

みつば一区の一戸建てに住む黒木真知子《くろきまちこ》さんはいつも百枚買ってくれる。ほかに、かもめ~るも二十枚ほど買ってくれる。暑中見舞や残暑見舞用の、夏のおたより郵便ハガキ、だ。

今年もその年賀ハガキを黒木さん宅に届ける。

いつもいるから配達の途中に寄ってくれればいいわよ。いなかったら悪いけど次の日にして。と言ってくれている。それもたすかる。

ウィンウォーン。

「はい」

実際、いてくれる。たすかります。

「こんにちは。郵便局です。年賀ハガキのお届けで伺いました」

「は~い。入って」

「失礼します」

門扉を開けて入っていき、玄関の前で待つ。

すぐに黒木真知子さんがドアを開けてくれる。

「ご苦労さま。どうぞ」

「どうも」

なかに入り、ドアを閉める。

今日は木曜なので、亜結《あゆ》ちゃんと綾馬《あやま》くんはいない。まだ学校。例えば土曜の午後などで在宅していれば、二人して出てきてくれるのだ。

いや、でも。考えてみれば、二人はもう小学三年生。誰かが訪ねてきたからといって、玄関に出てきたりはしないかもしれない。去年も会わなかったので、前に会ったのは二年前。二人はまだ小学一年生だった。この二年は大きい。子どもの成長は速いのだ。

亜結ちゃんと綾馬くんは男女の双子。だから同学年。二卵性なので、顔は似ていない。姉弟だからまったく似ていないことはないが、双子感はない。

でもおもしろいもので、話をしていると双子感が出てくる。やはり息は合うのだ。同じことを同時に言ったり、一つの文を二人で組み立てたり。

例えば春行と僕もよく双子だと思われる。が、その手の双子感はまったくない。感覚はむしろちがうのだ。普通の兄弟以上に。

まずは今日の郵便物、封書とＤＭハガキの二通を渡し、それから年賀ハガキ百枚を渡す。

「いつもありがとうございます」

「いえ、こちらこそ」

黒木真知子さんは六十代後半。でもまだまだお若い人だ。お世辞で言っているわけではない。実際に若く見える。歳を知らなかったら五十代だと思うかもしれない。僕は知っているから思わないというだけの話。

そう。黒木真知子さんは前にあっさり僕に歳を明かしたのだ。そういうのをまったく隠さないというか、気にしない人なので。

黒木家は五人家族。真知子さんと、夫の永介《えいすけ》さんと、娘の真緒子《まおこ》さんと、孫の亜結ちゃんと綾馬くん。つまり三世代。真緒子さんは離婚して戻ってきた。だから今の姓は黒木。亜結ちゃんも綾馬くんも同じだ。

郵便物と年賀ハガキを渡してしまえばもう用ずみなのだが、黒木真知子さんが言う。

「ちょっと郵便屋さんに訊きたいんだけど」

「はい。何でしょう」

「あの、届があるじゃない」

「届」

「ほら、何？　引っ越ししたときなんかに出すあれ」

「転居届ですか？」

「そう。それ。えーと、出すのよね？　引っ越したら」

「そうですね。出していただけるとたすかります。そうするとスムーズに配達されたり、前のところに届いた郵便物が新しいところに転送されたりしますので」

「ウチね、今度一人増えるのよ」

「そうですか。よそから来られる、ということですよね？」

「ええ」

「では出していただいたほうがいいかと」

「こっちでも出すっていうこと？」

「あ、いえ。もし今いらっしゃるところでそのかたに出していただけるのであれば、こちらでは出していただかなくてだいじょうぶです。どちらかの一度ですみます。情報はちゃんとこちらの局へも届きますので」

「そうなのね。向こうで出すようなことを言ってたから、じゃあ、だいじょうぶか。一応、確認します。そっちで出してねって言っとく」

「たすかります。お願いします」

黒木真知子さんは軽く息を吐いて、言う。

「いえ、娘がね、真緒子」

「はい。真緒子さん」

「再婚するのよ」

「そうでしたか。それは、おめでとうございます」

「ありがとう。めでたいはめでたいんだけど、普通に喜んでいいのか。まあ、いいのか」そして黒木真知子さんは言う。「これがね、復縁なのよ。元ダンナとよりを戻すの」

「あぁ、そうなんですか」

「聞いたときは、わたしもまさかと思った。うそでしょ？　って」

「そういうことも、あるんですね」

「あるのねぇ。実際ね、結構あることはあるらしいの。ただ、それでまた別れちゃうこともあるんだとかって」

「あぁ」とそこはそれしか言えない。

「結局は同じことのくり返しになっちゃうの。同じ原因で別れちゃう」

「あぁ」とまたそれ。

「まあ、娘が自分で決めたことだから文句を言うつもりもないけど。でも、もう別れないようにしなさいよ、とは言っちゃったわよ。そしたら真緒子、怒ってんの。これから結婚する娘に別れるとか言わないでよ、なんて。落ちるって言葉を言われて怒る受験生かと思ったわよ」

そう言って黒木真知子さんが笑うので、僕も笑う。いくらかぎこちなく。

「わたしは反対なんかしなかったんだけどね、お父さんはちょっと反対したの。いや、反対ではないか。条件を付けたのね」

「条件を」

「そう。自分たちと一緒にここに住むならいいって言ったの」

「あぁ」とまたしても言ってしまうが、今度のそれは少しちがう。新鮮な驚きも含まれた、あぁ、だ。

「もちろん、自分たちの老後の世話をさせたいとかそういうことじゃなく、目の届くところに置いておきたいと思ったのね。前とはちがう環境にいさせたほうがいい、ともわたしには言ってた」

「あぁ」と、これは納得の、あぁ。

「実際には自分が孫と暮らしたいだけ、のような気もするけどね」と黒木真知子さんがなお笑う。

やはり僕も笑う。そこは自然と笑える。それもあるのだろうな、と思えるので。

そのお父さん、永介さんとも会ったことはあるが、ここ何年かは顔を見ていない。黒木真知子さんと同じく六十代後半だが、まだ働いているのだ。フルタイムでではないようだが。

「別にね、婿にしたいってことではないの。ここで一緒に住むっていうだけ。でもね、真緒子ともよく話して、アリミチさんが自分で決めた」

　アリミチさん。有道さん、だそうだ。真緒子さんの元夫にして、新夫。

「自分で黒木家に入るって言ったのよ。亜結と綾馬の名字をまた変えさせたくないっていう気持ちもあったんでしょうね。そもそもが細野《ほその》で、黒木になって、また細野。それは避けたかったみたい。確かに、わたしたちもそうさせるのは避けたいし」

「名字が何度も変わるのは大変ですもんね。子どもは特に」

「そうよねぇ。ただそれでも、有道さんもよく決断したと思うわよ。その点は立派。有道さんは次男で、細野さんの家は長男が継いでもう子どももいるからそうできたってことでもあるんだけど。だとしても、そう簡単にはいかないわよね、男の人にしてみれば。四十で自分の名字が変わるんだもの。それでお父さんも完全に納得したみたい。ほめてたわよ。有道くんの覚悟を感じた、おれならその決断はできないって」

「確かに、難しい決断ですね」

「でもそのおかげでウチは一人増えちゃうの。今でさえ五人。それが六人よ。しかも加わる一人は大人。困っちゃう。そんなに広い家じゃないのに。といっても、子どもが増えるよりはいいけど。子ども三人は大変だし」

「そう、でしょうね」

「だからね、あんたたち三人めはやめてね、なんて言っちゃったわよ。そしたら真緒子、それも結婚する娘に言うこと？　ってまた怒ってんの。できたらできたでいいんだけどね。三人め。お父さんはむしろ期待してるっぽいし」

「そうなんですか」

「そうなのよ。七人になったら増築だな、とかのんきなこと言ってるわよ。だから七十を過ぎても仕事はやめられないな、なんて。わたしも七十を過ぎてパートに出ろって言われたらどうしよう。って、まあ、出るか。雇ってもらえるなら」

そんなことを、黒木真知子さんは淀みなく話す。ただの郵便配達員でしかない僕に。

知り合って長いからでもあるが、考えてみれば、かなり早い段階からそうしてくれていた。オープンな人なのだ。そもそもが。

「あ、そうだ」黒木真知子さんはわきにある段ボールのみかん箱から二つを取って、僕に差しだす。「これ食べて」

「すいません。いただきます」と受けとる。

「まだちょっと緑がかってるけど。わたしはこのほうが好きなの」

「僕もです。ちょっとすっぱめ、ですよね」

「それ。もうすでにちょっと甘いんだけどこれからもっと甘くなるっていうとこね」

「はい。おいしいですよね。熟して甘いのもおいしいですけど」

「子どもたちはやっぱりそっちが好きなのよね」

「そうかもしれませんね。僕も子どものころはそうでした」

「わたしは子どものころからすっぱいほうが好きだったかな。最近のは昔のより甘くなってるような気もするし。品種改良とかでそうしてるのかな」

「ありそうですね。にんじんなんかは、明らかに甘くなってますし」

「あぁ。にんじんはそうね。確かに昔のはもっと硬くて苦かった。嫌いな野菜の代表だったし。でも亜結も綾馬も、にんじんは好きだものね」そして黒木真知子さんは言う。「おみかん、今食べれば。お茶入れるから」

「あ、いえ、それは」

「すぐ入るわよ」

「あとで頂きます。ありがとうございます」

「先に入れちゃえばよかったわね。ごめんなさいね。おみかん、まだこんなふうに緑がかってるうちに箱で買っても残っちゃうんで、郵便屋さん、たまに寄ってよ。郵便はなくてもいいから。それで二、三個持ってってって」

「いえ、さすがにそれも」

「変か。郵便屋さんがインタホンのチャイム鳴らして、みかんお願いしま～すって言うのも」

「そうですね」

「じゃあ、有道さんに食べてもらうか」

「それがいいんじゃないでしょうか」

「気をつかって、体が黄色くなるまで食べたりしてね。実は好きじゃないのに。そうなったらいやだから、初めにちゃんと訊くわよ。あなたおみかん好き？　って」

「好きだといいですね」

「そうね。でもそこでも無理に好きって言ったりして」

「それはもう、好きということでいいような」

「そうか。好意で言ってくれてるんだものね」

「はい」そして僕は言う。「でもそういうことなら、あらためて、おめでとうございます」

「ありがとう。だから来年は買う年賀ハガキも増やすわよ。有道さんの分も追加。今ちょうど四十歳なんだけどね、一応、会社関係の人に年賀状を出したりはするみたいだから」

「ありがたいです。よろしくお願いします」

「了解。でもせいぜいその歳の人までなんでしょうね、年賀状を何枚も出すのは。今三十歳の子なんて、出さないでしょ」

「おそらく」

「郵便屋さんは、出すの？」

「出しますけど、正直、数は多くないです。まさに局関係者に出すぐらいです」

「そうなるわよね。わたしでさえ、そろそろ数を減らしてもいいかなと思うもの。年賀状だけのやりとりの人にはどこかのタイミングで出すのをやめるべきなんだろうなって。逆に負担をかけちゃってる可能性もあるしね。でもそう思いながらも実際にはなかなかやめられないのよ。それをやめるって、結構な決断だから。もらったのに出さない、なんてことにもなっちゃうし。結局は、歳をとり過ぎてもう字も書けない、となるまで出しちゃったりするのかな」

「もしそうなのであれば、郵便局としてはありがたいです」

「そうか。局さんのためにもなってると思えばいいのか」

「あ、いえ、そこまでは思っていただかなくても」

黒木真知子さんはやや間を置き、まじまじと僕を見て、言う。

「郵便屋さんはさ」

「はい」

「何か、いいわね」

「はい？」

「何だろう。よくわかんないけど、人として、いい。真緒子の相手、郵便屋さんみたいな人ならよかったのに。有道さんはダメっていうことではなくてね。離婚したあと、わたしが真緒子を郵便屋さんに会わせればよかったわよ。ほら、こんなふうに年賀ハガキやらかもめ～るやらを持ってきてくれたときに家にいさせるとかして。郵便屋さんなら、真緒子、絶対に好きになるもの。って、ダメか。郵便屋さんにも相手を選ぶ権利があるものね」

「僕にというより、まず、真緒子さんに選ぶ権利がありますよ。年賀ハガキを届けに来た郵便屋をいきなり紹介されても困ると思います」

「困らないわよ。だって真緒子は面食いだもの」

いやいや。お母さんが娘さんにそれは。

と思いつつ、笑ってしまう。

竹を割ったような性格の人。まさにそれ。黒木真知子さんは、いつもこんなふうに見事に竹を割る。スパッと。

前からそうなのだ。僕のこともすんなり受け入れ、まるで近所に住む人のように扱ってくれた。たぶん、人を性別や年齢や職業などで分けない、人を一律に人として見られる人なのだと思う。うまく言えないが。埋立地のみつばの人、という感じもする。もちろん、いい意味で。

僕はとても好きだ。片岡泉さんに、近いといえば近いのかもしれない。片岡泉さんが歳をとったら、こんな感じになるのかもしれない。

「郵便屋さんと結婚する人は幸せね」

「どう、なんでしょう」

「幸せよ。男前で、人もいいんだから」

「うーん」

「お相手、いるの?」と初めて訊かれる。

「います」とそこは即答。

僕も竹を割る。割れる竹は割りたい。

「そりゃいるか。有道さんだって結婚も再婚もできるんだから、郵便屋さんが結婚できないわけないわね。と、そう言っちゃうと何だけど。でも、あれよ、有道さんも、結構男前だわよ」

「そうなんですか」

「そう。最初に結婚相手として真緒子がウチに連れてきたとき、我が娘ながら、お、がんばったな、と思ったもの。お父さんは、顔がいい男は裏がありそうだ、なんて言ってたけど。でもそれは娘をとられるから難癖をつけてただけ。まあ、結局は離婚しちゃうんだけどね。大した裏はなかったのに」

「なかったんですか」と流れでつい言ってしまう。

「なかった。それでもうまくいかないこともあるんだから、難しいわよね。郵便屋さんは、うまくやって」

「はい」

「といっても、未来のことはわからないんだけど。わたし自身、真緒子が結婚するとき、この有道さんとなら別れないだろうと思ったのに別れたし。で、まさか復縁するなんて夢にも思わなかったのにするし。そうなると、真緒子がまた離婚して三度めの結婚の相手は郵便屋さん、なんてこともあるのかもね」

「うーん」とまた言ってしまう。

黒木真知子さんは笑顔で言う。

「ないか。あったらそれはそれで困っちゃう。娘の離婚は一度までにしてほしい。じゃ、郵便屋さん、おみかん、あと三つ四つ持ってって。今、袋に入れるから」

ウィンウォーン、とインタホンのチャイムが鳴る。

受話器をとって、応対する。

「はい」

「こんばんは～。宅配便で～す」

「宅配便じゃないよ」

「何だ。わかっちゃうか」

「わかるよ。見えてるし」

「見えてなきゃわかんない？」

「声だけでわかるよ」

「そうか。じゃあ、弟相手におれおれ詐欺は無理か」

「無理だね。まず、春行が僕にお金を無心するわけがないし。まあ、詐欺の犯人さんは僕が春行の弟だと知らずに電話をかけてくるんだろうけど」

「お、犯人にさん付け。さすが秋宏」

「ごめんね、秋宏くん。わたしのカレシがバカで」

「弟に兄がバカだと言うなよ」

「言わなくても秋宏くんは知ってるか」

「まあ、大学に落ちた時点でバレてはいるけどな」

「ねぇ、そういうのはあとで聞くよ。カギを開けるから、入りなよ」

受話器を戻して玄関に行き、カギを解いてドアを開ける。

外には春行と百波《もなみ》がいる。兄とそのカノジョ。ともにスターの二人だ。

「いやぁ、さすがに寒いなぁ」と言いながら春行が入ってくる。

「タクシーでは暑いって言ってたじゃない」と言いながら百波も入ってくる。

「暖房が強かったんだよ」

「でも運転手さんに弱めてもらうほどではなかったよ」

「そうかなぁ」

「春行が厚着なんだよ。上着を脱げばよかったの」

「いや、ほら、長めのコートだから脱ぎづらいだろ。車内では立てないし」

「春行があんなお願いするから、わたし、途中からはちょっと寒かったよ。運転手さんも、たぶん、そうだったと思う」

「マジか。じゃ、悪いことしたな。チップ、もうちょっとあげとけばよかった」

そこで口を挟む。

「チップなんてあげたの？」

「うん」と春行。「ほら、暖房を弱めてもらったから」

「いつもあげるわけ？」

「いつもではないよ。そんなふうに何かしてもらったときだけ」

「ちなみに、いくらあげるの？」

「そのときによってだな。ほら、わざわざ渡すんじゃなく、お釣りをとっといてもらう感じにすることが多いから。さっきは、いくらだった？」

「えーと、二千いくらかな」と百波。

「そんなに？」と僕。「だったら、運転手さんも、ちょっとぐらい寒くても我慢するでしょ。というかその前に。お客さんの頼みなら、チップをもらえなくても普通に聞くだろうし」

三人で居間に行く。

つまみやお酒やグラスはすでに僕が用意ずみだ。タクシーの車内から、今乗った、と百波がＬＩＮＥのメッセージをくれたので、時間を逆算してピザもとっておいた。

それが到着したのは五分前。あぶなかった。あと五分遅かったら、春行と百波と鉢合わせしていたかもしれない。そうなったら、ピザ屋さんは驚いただろう。家の前に停まったタクシーから春行と百波が出てくるのだから。帽子をかぶる程度の変装はしているが、気づく人は、たぶん、気づく。

ほかのつまみは、鶏のトマト煮と麻婆豆腐と肉焼売とミックスサラダ。あとは、百波が好きないつもの梅のり塩味のポテトチップスと、去年春行に好評だった枝豆スナック。

春行と僕のお酒はビール。百波は、特に指定がなかったので、梅とレモンと白桃のサワー。

居間のソファに座り、缶をクシッと開けて、グラスに飲みものを注ぐ。注ぎ合いは面倒なのでそれはしない。すべて僕がササッとやる。

で、今日の乾杯はすんなりだ。

「じゃ、『ダメデカ』に」と春行が言い、

「『ダメデカ』に」と百波と僕も言って、

それぞれにカチンとグラスを当てる。

ビールを一口飲む。いや、一口のつもりが二口三口といってしまう。仕事のあとのビールは、やはりうまい。

春行が言った、じゃ、『ダメデカ』に、は、劇場版『ダメデカ』の公開に、という意味だ。

三年前にテレビドラマとして放送され好評を博した『ダメデカ』。その映画版が、この十二月、クリスマスシーズンについに公開された。二人はその公開祝のために今日ここへ来たのだ。渋谷区にあるタワーマンションからタクシーで。

まだ公開されて二週間だが、映画はヒットしているらしい。何なら、大ヒットと言っても過言ではないらしい。

公開直前には、プロモーションのため、春行はいつも以上にテレビ番組に出ていた。ドラマの映画版だから、そのテレビ局の各番組に、朝、昼、晩、と出まくっていた。公開直後もやはり出ていた。二週間経ってようやく少し落ちついたらしい。だからこうして来られたのだ。同じく忙しい百波とどうにかスケジュールを合わせて。

春行にもらった劇場版『ダメデカ』の前売り券は、予定どおり、北垣秋乃さん育弥さん夫婦にあげた。実際、公開初日に観に行ってくれたそうだ。

二人の息子、まだ〇歳の康斗くん。映画に出かけているあいだは、何と、谷さんと美郷さんが預かったという。

それは美郷さん自身に聞いた。その時間だけ、谷さんと美郷さんは北垣家でお留守番をしたそうだ。自分たちに子どもができたときの予行演習、という意味合いでもあったのかもしれない。

もちろん、その谷夫妻にも前売り券はあげた。まだ観てはいないが平日に休みを合わせて二人で映画館に行くつもり、だという。

あとは、同じみつば局にいる僕の同期、藤沢大和《ふじさわやまと》くんにも二枚あげた。藤沢くんにというよりは、甥っ子の高林雄飛《たかばやしゆうひ》くんにあげたのだ。

この高林雄飛くんは、今、十二歳。小学六年生。二年前に春行のサインをあげた。男子だが春行の大ファンだというので、そうしたのだ。まさにテレビドラマの『ダメデカ』を見て好きになってくれたという。だから今回も前売り券をあげた。

二年経って六年生になっているので好きなタレントも変わってるかな、と危惧したが、藤沢くんによれば、だいじょうぶ。今も、前に誕生日プレゼントとして買ってもらった『ダメデカ』ボックスセットのブルーレイでくり返しドラマを見てくれているそうだ。

そして僕自身はと言えば。公開三日めの日曜にたまきと観た。

劇場版『ダメデカ』はおもしろかった。その一言に尽きる。悪ふざけの嵐。観たあとに何も残らない、と言われてしまいそうだが、つくり手側に初めから何かを残すつもりなどないのだと理解して観れば大いに楽しめる。

劇場版ということで、物語はスケールアップしていた。

テレビドラマでは、ダメデカが日本の総理大臣を誤認逮捕していたが、今回は海外。南ヨーロッパ想定の架空の国であるタリラリア共和国の大統領を誤認逮捕した。もう、国際問題事案だ。

出だしはこう。

都内。皇居のわき。まさに警視庁がある桜田門の辺りを外国人が走っている。ランニングコースにもなっているお濠沿いの道だ。

ランナー姿のその外国人は、イヤホンで聞いていた音楽に集中していたため、前から歩いてきた日本人と軽くぶつかる。その際に粉末の薬のようなものを落とすが、気づかずにそのまま行ってしまう。

やや遅れて気づいた日本人がそれを拾うも、外国人はすでに遠ざかっているので、渡すことはあきらめる。でもまた路上に戻すのも何だからと、ポケットに入れて歩いていく。

その一部始終を見ていたのがダメデカ吉永秋光《よしながあきみつ》、つまり春行だ。

ダメデカは、ダメデカなりにぴんと来る。ダメデカなのに、来てしまう。こう思ってしまうのだ。今のは麻薬の取引にちがいない。あんなふうにひねりを加えてブツを渡したにちがいない。と。

そのとき追っていた強盗事件のことはあっさり忘れ、ダメデカは颯爽と、でも数秒後にはゼーゼー言いながら外国人ランナーを追いかける。普通なら日本人のほうを追いそうなものだが、そこはダメなので、そちらを追ってしまう。

そして日ごろの運動不足を呪いつつも日比谷公園の近くでどうにか追いつき、外国人ランナーの片手に手錠をかける。

が、そこでほかの二人の外国人にいきなり襲われる。

といっても、襲われたのは外国人ランナー。ダメデカはその瞬間に自ら割りこんでしまっただけ。

その外国人ランナーが、実は南ヨーロッパ、タリラリア共和国の若きモロコシ大統領だったのだ。二人の外国人は、同国から大統領を追ってきた暗殺者。自国で実行するのは難しいということで、国外での暗殺を狙ったのだ。

三十代前半で国のトップになったモロコシ大統領のことは日本でも報じられていたが、ダメデカは何せダメなのでそんなことは知らない。ニュースなど見ないのだ。だからそれを単なる麻薬密売組織の抗争だと思ってしまう。

襲ってきた二人の外国人に日本語で言う。

「いやいやいやいや。おれ関係ねえから。デカだけど今は関係ねえから。人を巻きこむなよ。自分たちだけでやれ」

格闘中に暗殺者の一人が、動きを封じるべく、モロコシ大統領の片手にはめられた手錠のもう一方をダメデカの片手にかける。そんなふうにして、ランナー姿のモロコシ大統領とスーツ姿のダメデカが手錠でつながれてしまう。

あとはもうお約束。手錠のカギはダメデカがその場に落としてしまう。やはりダメだから。

で、つながれた二人はそのまま逃げる。

ダメデカは日比谷公園の前にある交番に逃げこもうとするが、そうと知らないモロコシ大統領は銀座方面へと走る。異国で不意に襲われたのだから、もう必死。走る走る。

モロコシ大統領の来日は公式なものではなく、お忍び。幼いころから日本のサブカルチャーが好きだった自身の意向だ。大統領としての日々の職務に忙殺されたなかでの束の間の息抜き。でもそれを暗殺者たちに察知され、あとを追われたわけだ。息抜きなら護衛もそんなに付かないだろうと思われて。

ダメデカが麻薬だと早合点したあれは、胃薬。仕事のストレスで胃をやられたモロコシ大統領が常に持ち歩いていたものだ。

いや、ランニングのときまで持ちはしないでしょ、と映画の観客の多くが思うわけだが、そんなことは言いっこなし。そもそも、その手の粗さも含めて観客を楽しませる映画なのだ。

モロコシ大統領の極秘来日は、そこでやっとニュースになる。手錠でつながれたダメデカとともに銀座の街を駆け抜ける動画がいくつもアップされ、それらが一気に拡散されるのだ。

警察官が大統領を保護、ととられるのではなく、警察官が大統領を拉致？　と疑われる。警察に激震が走る。一般人たちのほか、ダメデカの上司も含む警視庁そのものがダメデカを疑う。結果、ダメデカとモロコシ大統領は、警察と暗殺者と多くのユーチューバーたちに追われることになる。

と、まあ、そんな話だ。

無駄にスケールアップ。でも本当におもしろかった。

公開三日めの日曜の映画館は満席。僕の隣でたまきは大いに笑っていた。

あとでこんな感想を言った。

春行くん、ほんとバカ。

テレビドラマの最終回同様、映画でもゲスト出演していた百波に関してはこうだ。

百波ちゃんはほんとかわいい。三十歳であのかわいさは奇蹟。やっぱり女優さんなんだね。わたしたちとはちがうわ。

そのテレビドラマの最終回では、百波はこう言って登場した。

「どうも。塩バターキャラメル工場長殺人事件で合同捜査にあたることになったよその署の刑事です」

よその署の刑事、というその説明ゼリフが可笑しかった。

今回もこう言って登場した。

「どうも。タリラリア共和国大統領拉致誘拐事件で合同捜査にあたることになったよその署の刑事です」

よその署の刑事、には名前がない。役名が付けられていないのだ。テレビドラマでもそうだったが、今回も同じだった。明らかに自分に好意を抱いているダメデカに名前を訊かれても、よその署の刑事、は頑として教えなかった。映画のエンドロールでのキャスト表記もこうなっていた。

よその署の刑事　百波
これまたテレビドラマの最終回で、春行は自身と百波の関係をいじった。当時、二人の同棲は誰もが知るニュースになっていたから、あえて言ったのだ。ドラマのラストで、捜査本部が解散したときに。

「あーあ。終わりか。じゃ、行こ」

「何でですか」

「いや、だって君とは帰る方向が一緒だから」

これは話題になった。セリフが春行のアドリブであったことも広く知られた。だから今回も、たぶん、初めから期待されていた。もしかしたら脚本家が初めからセリフに入れて来るかも、と当の春行と百波も話していた。

まあ、それはなかったようだが、アドリブ自体は今回も炸裂した。

手錠はどうにか外したものの、モロコシ大統領の身柄を暗殺者たちにまんまと奪われてしまったダメデカは、それでも捜査からは外されなかった。暗殺者たちの顔を、ただ一人、知っていたからだ。

「え、マジっすか？　こんなときは、ミスをしたからってことで普通外しませんか？　そんでおれ自身が捜査に加えてくれとか熱く言うんじゃないんすか？　おれはいいっすよ。外してくださいよ。だってあいつら、おれをマジで殺そうとしましたもん。何で知らない国の大統領と一緒に殺されなきゃいけないんすか」

と、そんな文句を言いながらも、ダメデカは捜査に参加する。拉致誘拐事件に自身が関与していないことを証明するべく奮って参加、というのでは決してなく、ただただしかたなく参加する。

他国の大統領が日本で暗殺されたとなっては大問題。しかも警察官がすぐそばにいたのにそうされたとあってはまさに国際問題。

ということで、捜査は二十四時間態勢。夜を徹しておこなわれる。

失態を演じたダメデカとペアを組まされた、よその署の刑事、も苛立ちを隠せない。早朝ということもあり、対応も不機嫌なものになる。

でもその原因が自分であることにすら気づけないダメデカは能天気に言う。

「大統領、元気かなぁ」

よその署の刑事、は無視。

「生きてっかなぁ」

これも無視。

「まあ、体はわりと頑丈そうだったから、生きてっか」

無視。

「知ってる？　手錠ってさ、ずっとはめられてると、痛ぇの。警察学校で習ったじゃん。試しにはめられもしたし。でもあんなに長くはめられはしねえからさ、まさかあそこまで痛いとは思わなかった」

無視。

「なのに大領領のやつ、逃げるときいちいち全力で走りやがんだよね。手首から先が持ってかれるかと思ったよ」

無視。

「ねぇ、これも知ってた？　大統領、下の名前が、コーン、なの。コーン・モロコシって。絶対日本人が付けてるよな」

無視。

「ん？　さっきから何もしゃべんないけど、どうした？」

無視。

「仮眠、とったよね？」

無視。

「まあ、一時間じゃ疲れはとれねえか」

無視。

「あ、何、寝起きとかダメなタイプ？」

無視。

「うわぁ。何かわかるわ。朝、弱そうだもんな」

よその署の刑事、はここでついに口を開く。

「あんたほどじゃないわよ」

ダメデカは驚きつつ、こう返す。

「おいおい。見たように言うね」

というこのあたりがアドリブ。何と、仕掛けたのは百波らしい。

で、ここがすごいところだが、春行も即座に対応した。

おいおい。見たように言うね。

実際、見ているはずなのだ、百波は。春行と同棲しているのだから。何なら、毎朝すぐ隣で見ているはずなのだ。

と、当然、観客も思う。それを見越してのアドリブだ。

枝豆スナックを食べ、ビールを飲んで、春行は説明する。

「あんたほどじゃないわよ、と来たときにさ、一瞬思ったよ。これどっち？　アドリブ？　まちがい？　でも声の感じでわかったから、ああ返した」

「わかったんだ？」と僕が尋ねる。

「わかるよ。長く付き合ってるし」

「でもお互い役者だよね」

「それでもわかるな。アドリブだと芝居の質が微妙に変わるから」

「おぉ。僕なんかにはまったくわからないよ」

「いや、わかったろ」

「え？」

「あれがアドリブだってことは、わかったろ？」

「あぁ、それはね」

「そこはちゃんとわからせないとおもしろくないからな。わからせるように言わねえと」

「そうか」

まさに一瞬でそこまで考えるわけだ。で、考えたようには見せずに、形にする。表現する。やはりすごい。特殊能力、だと思う。

「映画、売れてるんだよね？」と僕は言う。

「おかげさまで、好調みたいだな」

「大ヒット上映中って書いてあるよ、いろんなとこに」

「まあ、それはどんな映画でもそう言うよな。大してヒットしてなくても。見ようによっては大ヒット、みたいなことで」

「でもほんとにお客さんは入ってるって聞いたよ」と百波。「評判も悪くないって」

「それでまたテレビドラマがつくられたりしないの？」と僕。「『続ダメデカ』とか」

「そうなりゃいいけどな」

「そしたら福江《ふくえ》ちゃんはまた、よその署の刑事？」

福江ちゃん、は百波の本名だ。林《はやし》福江。カレシの春行は百波と呼ぶのに、弟の僕は福江ちゃんと呼ぶ。それでいいと百波自身に言われたから。

春行が百波と呼ぶのは、不用意に本名で呼んでボロが出ないようにするためだ。同棲を隠していたころの名残。広く知られるようになった今はもう福江でもいいのだが、二人はそれに慣れてしまったのか、そのままにしている。

「さあ、どうなんだろう」と百波が言う。「次もやるとして。またわたしに声をかけてくれるのかな」

「かけるだろ」と春行。「次はゲストじゃなく、レギュラー出演にするんじゃねえか？レギュラーなのに名前なし。毎回よその署の刑事として登場。悪くないだろ」

「うん。それはいいね。変に同僚になったりするよりはそのほうがいい。無駄にミステリアス。やるならそっちだね」

「モロコシ大統領もまた出てほしいな」と僕。

「あぁ、それもいいな」と春行。「実際、そうなるかもな。あの人、実は日本語ペラペラだし」

「そうなの？」

「そう。日本に住んでるから。撮影の合間も日本語で話したよ。バラエティ番組とかにも呼んでくださいよ～、なんておれに言ってた。いや、おれにそんな力ないからって言ったら、いや、またまたぁ、春行さんがそんなわけないじゃないっすかぁ、とか。お前がダメデカかよ、と思って、ちょっと笑った」

「でもさ、それとは別に」と百波が言い、

「ん？」と春行が言う。

「前にも言った映画。『ダメデカ』みたいなのではない映画。それもいつかやろうね」

「あぁ。そうだな」

去年も百波が言っていた。そんなにふざけてはいない映画、ということだ。主演が春行と百波の、ちゃんとした映画。それは僕も観たい。『ダメデカ』は『ダメデカ』で好きだけど。

その劇場版『ダメデカ』。最後はどうなるかと言うと。暗殺者は逮捕され、モロコシ大統領は無事保護される。

そうできたのも、やはりダメデカの勘ちがいから。

捜査をサボってカフェでコーヒーを飲んでいたら、後ろの席からまた麻薬の取引らしき不穏な話が聞こえてきた。が、それもダメデカが普通の言葉を麻薬の隠語だと勝手にとらえただけ。でもそこからあれよあれようそみたいな偶然が続き、風が吹けば桶屋が儲かる式に事件は解決するのだ。

暗殺者の手引きをしていた日本の黒幕である元警視総監に手錠をかけたのは、何と、よその署の刑事。

「いや、わたし、応援に来たよその署の刑事ですけど、いいんですか?」と言って、カシャリ。

でも監禁されていたモロコシ大統領を救いだしたのはダメデカだ。

まあ、それもたまたまなのだが、大いに感謝したモロコシ大統領は、ダメデカを実は優秀な警察官だと勘ちがいし、後日、自国に招く。つまり、タリラリア共和国警察の特別講師として招聘するのだ。

映画のラストは、そのタリラリア警察での講義シーン。

日本の最先端捜査の真髄を伝えるべく、多くのタリラリア人警官の前で、ダメデカが話をする。適当なことをあれこれ言ったあと、こう締める。

「まあ、あれだ、要するに、たとえ大統領であってもあやしかったら捕まえちゃいましょうよって話」

その言葉は、日本語→英語→タリラリア語、に翻訳される。

英語通訳とタリラリア語通訳の二人がダブル忖度した結果、スクリーンの字幕にはこう出る。

犯罪を決して見逃してはいけない。犯人が大統領だとしても、我々が忖度などしてはいけない。警察組織はそうでなければならない。日本もタリラリアも、そうであってほしい。

それまで静かに話を聞いていたタリラリア人警官たちの表情が変わる。

そして一瞬の間のあと。

「イエーッ！」と彼らは一斉に声を上げる。なかには拳を突き上げる者もいる。指笛を吹く者もいる。

いきなりのそれにたじろぎつつ、ダメデカも調子に乗って言う。

「ジャパン、イエーッ！」

「イエーッ！」

「タリラリア、イエーッ！」

「イエーッ！」

「ポリス、イエーッ！」

「イエーッ！」

「デカ、イエーッ！」

「イェーッ！」
そこでスクリーンの下方にこんな但し書きの字幕が小さく出る。
タリラリア語で、デカ、は、有給休暇、です。
本当に小さく。気づく人だけ気づけばいいや、という感じに。
僕はたまたま気づいた。笑った。そのあとづけ感がよくて。控えめ感もよくて。
そのことを思いだし、僕は目の前でお酒を飲んで笑っている春行と百波に言う。
声には出さず。密かに。
百波、イェーッ！
春行、イェーッ！

そして明日も地球はまわる

さあ、年賀。

一年の終わりと、次の一年の始まり。旧年と新年の橋渡し。局内が最もにぎやかになる時期。

そこではうれしいことがあった。その期間だけ、五味くんがアルバイトに復帰してくれたのだ。就職も決まり、卒論提出の目処も立ったからと。

実はこれ、美郷さんからの働きかけがあったらしい。そのことは、あとになって知った。五味くん本人から直接聞いたのだ。

十二月に入って、美郷さんから久しぶりにＬＩＮＥのメッセージが来たという。

無理は承知。きつかったら遠慮なく断ってくれていい。でも年賀、もし可能ならお願い。と、そんな内容だったらしい。

五味くん自身、可能ならアルバイトをしたいと思っていた。就職を前に少しはお金を貯めておきたかったのだ。でもそこは実際に遠慮深い五味くん、一度やめたのに自分の都合で復帰を言いだすのは図々しいと感じていた。そこへの、美郷さんのそれ。

飛びつきました、と五味くんは笑っていた。

そうか、しまった、と僕は少し後悔した。ならば僕自身がお願いすればよかった、と。五味くんほどではないが、僕もいくらか遠慮してしまったのだ。あと少しで卒業という大学四年生に、今人手が足りないからバイトして、と言うのも悪いよなぁ、と。

つまるところ、僕がそう考えるのもわかっていたから美郷さんは自ら声をかけてくれたのかもしれない。と、今はそう思っている。そんな人なのだ、美郷さんは。強く見えて細やか。だからこそ、谷さんの奥さんにもなれる。

聞けば、五味くんの就職先は建設会社。僕でも名前を知っている大きな会社だ。本社は東京だが、事業所は日本全国にあるそうだ。どこに行くことになるかはまだわからないという。北海道から九州まで、すべてあり得るらしい。

大変は大変だが、ちょっと惹かれる。なじみのない土地へ行くことで生まれる縁もある。というか、どこへ行っても、縁は必ず生まれるのだ。僕と蜜葉を持ち出すまでもなく。

食堂で昼ご飯を一緒に食べたとき、五味くんは言った。

「ぼくは一人っ子で親も母だけだから、転勤がないい会社がいいなと思ってたんですけど。そんなところはなかなかなくて。で、今の家も賃貸だし、歳をとって転勤になったらぼくのほうに母を呼べばいいかとも思って、その会社に決めました」

さすが五味くん。二十二歳の今からもうそんなことを考えていたのだ。頭が下がる。

そこではさらにこんなことも言ってくれた。

「アルバイト、今回が最後だと思うとちょっとさびしいです。でも、三年以上もやれるとは思いませんでした」

僕も、五味くんがここまでやってくれるとは思わなかった。

五味奏くん。身長は百六十センチで、体重は五十キロ。大学一年生でアルバイトに来てくれたときとまったく変わっていない。これも本人がそう言っていた。

でもあのころほど華奢に見えないのは何故なのか。僕がそう見たがっているからではないと思う。その体でも、五味くんは建設業界で立派にやっていくはずだ。

年末には、いつものように、父芳郎《よしろう》が帰ってきた。年末も年末の大晦日。三十一日。

やはりいつものように年越し蕎麦をつくってくれた。去年、というか一昨年も僕が大いに気に入った、とろろ昆布蕎麦だ。今年も、というか去年もおいしかった。

父はもう六十歳。一応、定年を迎えた。でも再雇用で変わらず働いている。定年後そのままという形なので、一度こちらへ帰ってくるようなこともなかった。

変わらず、と言ってしまったが、まったく変わらなかったわけではない。工場長ではなくなった。一工員に戻ったのだ。

同じ工場内でそれ。定年だから単なる降格とはちがうが。それでもすんなり受け入れられる父はすごい。

現場作業は好きだからな、と去年言っていた。本当にそうなのだと思う。現場作業。僕で言えば配達だ。同じく僕も、その歳になっても現場作業が好きでいたい。

そして年明け。今年は久しぶりに四人で会った。父と、母伊沢幹子《いざわみきこ》と、春行と、僕。旧平本家の四人だ。

食事会。一度やってからは、やろうやろうと言いながら、春行の都合もあって、なかなか実現していなかった。だからまさに久しぶりだ。六年ぶりとか、そのぐらいになるかもしれない。

そのために、父は年始休み最終日の一月四日までこちらにいた。そうでないと、店が開かなかったからだ。その四日の昼に赤坂の料亭で食事をし、それから鳥取へと戻っていった。

その料亭を押さえたのは、もちろん、春行。お金もすべて春行が出した。たぶん、かなり高額だ。

ついでに言ってしまうと。春行は父の帰りの交通費も出した。新幹線はグリーン車、姫路で乗り換えの特急もグリーン車。店を押さえたついでに、キップの手配もした。まあ、キップのほうは、自身のマネージャーさんに手伝ってもらったらしいが。

さらに言ってしまうと。春行は母と僕の帰りのタクシー代まで出した。母は都内だから近いが、僕は都外。近くない。

電車で帰るからいいよ、と言ったのだが、正月ぐらいタクシーで帰れよ、と春行は言った。お金をもらっておきながらついつい電車で帰りそうになったが、それはそれで罪悪感が生まれるので、しかたなくタクシーに乗った。結局、また別の種類の罪悪感は生まれた。あぁ、もったいないことをしてしまっている、という。

四人での食事会は、楽しかった。

実家に四人で住んでいたころは、一緒に食べるのが当たり前。だから、いちいち楽しいとは思わなかった。もう四人で住んではいないからこそ、思えた。

その席では、まず、劇場版『ダメデカ』の話が出た。

父も母も映画館で観たという。父は鳥取の映画館、母は都内の映画館。どちらも一人で。まあ、それはしかたない。五十代六十代が友人と観るような映画でもないのだし。

「おもしろかったけど、自分の息子が手錠をかけられるのを見るのは複雑な気分だったな」

父がそう言うと、春行はこう返した。

「あれ、手錠は本物らしくてさ、映画のなかでも言ってるけど、はめられてるだけで結構痛かったよ。犯罪者にはなるもんじゃないなと思った」

「ハルは老けたけど、百波ちゃんはきれいになったわね」

母がそう言うと、春行はこう返した。

「あれは老けを演じただけだよ。撮影のときは三十二だったけど、あの刑事は三十三設定だから。一歳の老けを絶妙に演じたわけ」

それを聞いて、父も母も笑った。僕も笑った。

その後、父が自分から母に窪田一恵《くぼたかずえ》さんのことを伝えた。

夫と死別した窪田一恵さん。父の高校時代の同級生だ。元カノジョというわけではないが、父は憎からず思っていたらしい。その窪田一恵さんと、今は交際している。それは三年前から知っていた。父が僕に話してくれたから。

そもそもは都内北千住のマンションに住んでいた窪田一恵さん。現在は歳をとったお母さんと二人で山口県に住んでいる。そこにはそのお母さんの実家があるのだ。

鳥取と山口。遠距離は遠距離。でもいいお友だちとして付き合わせてもらってる。

父はそう説明した。

それを聞いて、春行が言った。

「六十歳の男がいい友だちとして付き合わせてもらってるっていうのは、要するにカレシカノジョとして付き合ってるってこと？」

それを聞いて、やはり父も母も笑った。しかたなく僕も笑った。

「うーん」と父は言い、こう続けた。「そういうことでもないけどな。でも、そうではないと言う気もないよ」

「あ、認めた」

「この歳になるとな、もう、付き合ってるとか付き合ってないとか、そういうのはどうでもいいんだよ」

「いや、どうでもよくはないでしょ」

「どうでもよくはないけど、いいんだよ。自分でもよくわからないな。いい友だちとして付き合わせてもらってるって言うのが、一番しっくり来る」

「うーん。でもそうかぁ。齢六十にしてカノジョ持ちかぁ」

「その言い方」と僕。

「まあ、そうとってくれてもいいよ」と父。

「母ちゃん、ショック！」と春行。

「ショックじゃないわよ」と母。「って、そう言ったら失礼だけど。今それでわたしがショックを受けてたら変じゃない」

「少しも受けてない？」

「驚きはした。ショックではないわよ。でもそうなってるならよかった。うまくいってほしいわよ」

「ほんとに？」と春行。

「ほんとよ。そう思わない人と、今ここでこうやって一緒にご飯を食べると思う？」

その言葉にはやられた。ちょっとグッと来た。

そこでも、四人で実家に住んでいたころのことを思いだした。特に何をということもなく。四人でただ居間にいたときのことを。当たり前に家族でいたそのときの感じを。

父が窪田一恵さんのことを普通に母に話したのは、とてもよかった。もう他人なのだと少し悲しくなる一方で、でも他人とはいえ味方は味方、信頼はしているからそんなふうに話せるのだ、と思えた。

そうできるのはやはり、離婚するまでの生活があったから。二人が結婚して、まず春行が生まれ、次に僕が生まれ、四人で暮らしたそのあとの二十五年がちゃんとあったからだ。離婚したからといって、その二十五年がなしになるわけではない。

それに関する僕らの記憶が変わってしまうわけでもない。

離婚することが決まったとき、母は僕にこう言った。

まあ、こんなの書類上のことだから。これまでと何も変わらないわよ。あんたたちから見れば、わたしとお父さんが実家に一緒に住んでないってだけ。

何も変わらないなら、何故別れるのだろう。それで何か変わることがあるから、別れるのではないだろうか。

当時二十五歳の僕は、そんなことを思った。

今三十二歳の僕は、こんなことを思う。

もちろん、少しは変わることがあるから別れるのだ。でも変わらないことは、それよりもずっと多くある。

で。

公私どちらからも年賀気分がすっかり抜けての二月。最初の土曜日。

寒《さむ》、寒《さむ》、寒《さむ》、寒《さむ》。

寒、寒、寒、寒。

と唱え。

カチカチカチカチ。

カチカチカチカチ。

と歯を鳴らしながら。

それでも僕は軽快に配達をこなし、フォーリーフ四葉にたどり着く。

四葉自動車教習所の益子豊士《ますことよし》教官や、カフェめぐりのブログ、かよかよマヨマヨ、をやっている増田佳世子《ますだかよこ》さんが住む二間のアパートだ。

ここは三階建てなので、書留などがない限り、階段を上って各戸をまわる必要はない。一階の集合ポストに入れればそれですむ。

十二個あるうちの四つにこの日の郵便物を入れる。

そしてバイクに乗ろうとしたところで、わきの階段を急ぎ足で下りてきた人に声をかけられる。

「郵便屋さん」

三十代後半ぐらいの女性だ。部屋着っぽいニットのシャツにバギーパンツ。サンダル履き。

「はい」と返事をする。

「二〇二の赤田《あかだ》ですけど」

「どうも。お世話になってます」

「こちらこそ」

赤田千早《ちはや》さん、だろう。名前は知っているが、顔を見るのは初めてだ。

「あの、昨日なんですけど。これがウチの郵便受けに入ってまして」

そう言って、赤田千早さんが一通の封書を差しだす。

受けとって、表を見る。

宛名は、二〇三の坂野牧子《さかのまきこ》さん。

「あぁ、そうでしたか。大変失礼しました。申し訳ありません」

「いえ、それはかまわないんですけど。お渡ししちゃっていいですか？」

「はい。頂きます。ありがとうございます」

「今郵便屋さんがここにいるんだから、これはやっぱり昨日の郵便、ですよね？」

「そう、ですね」

料金後納郵便。消印が押されるタイプではないから正確なことは言えないが、少なくとも今日のものではない。

「わたしもちょっと自信なくて。これを見たのは今朝なんですよ。看護師で昨日は夜勤だったもんだから。朝帰ってきて、それで」

「あぁ、そうでしたか」

「でもそのときは郵便受けから広告のチラシなんかと一緒に取りだしただけ。ちゃんと見なかったんで、宛名がちがうことに気づかなかったんですよね。で、寝て起きて。気づいたのがさっき。夜勤明けの朝はいつも疲れてるからそんな感じになっちゃうんですよ」

「大変ですね。おつかれさまです」

どうも、という感じにうなずき、赤田千早さんはさらに説明する。

「それで、あ、ちがう、と。封を開ける前に気づいたからよかったんですけど、そうなったらそうなったで、どうしようかと。初めは、お隣だから二〇三の郵便受けに入れておけばいいやと思ったんですよ。でもお名前までは知らないし、一日遅れちゃってもいるんで、いいのかなとも思っちゃって。郵便ポストに入れに行けばいいのかもしれないけど、そしたらまた一日遅れちゃうだろうし。だからやっぱり郵便受けに入れるのが一番かなぁ。なんて考えてたら、ちょうどバイクの音が聞こえてきて。たぶん、郵便屋さんだろうと思ったから、急いで下りてきました」

「よかったです。お手数をおかけしました」

「今から出かけるつもりなんで、わたしもよかったです。その前に来てくれて」

「本当にすいませんでした、以後気をつけます。これからもよろしくお願いします」

「わたしも、朝帰ってきたときにちゃんと宛名を確認するようにします。ではこれで」

「失礼します」

赤田千早さんが去っていく。わきの階段を上っていく。さっきは急ぎ足だったが、今度はゆっくりだ。

丁寧な人だな、と感心する。普通なら、あそこまでは考えない。二〇三の郵便受けに入れておしまい、だろう。こちらにしてみれば、それでも充分ありがたいのだ。

本当なら局に電話をかけられてもしかたがない。その場合は引きとりに行く。まちがっても、じゃあ、お隣の郵便受けに入れておいてください、なんてことは言わない。非があるのはこちら。言えるわけがない。

でもなかには、そうしておけばいいですか？ と訊いてくれる人もいる。部屋番号も居住者の名前も合っているなら、お願いはしてしまうかもしれない。それは、電話をかけてきてくれたその人の厚意だから。

何にしても、よかった。こんな対応をしてくれる人もいるのだ。丁寧な看護師さん。いい。何だかほっとする。もしも自分が入院したら、そのときは担当してほしい。

で、赤田千早さんから受けとったその坂野牧子様宛の封書を二〇三号室の郵便受けに入れ、ない。そうはせずに、配達を再開。先へ進む。

といっても、局に持ち戻るわけではない。あとで手渡しするつもりなのだ。

確かに配達は一日遅れてしまった。速達ではないので急ぎの郵便でもないだろうが、一応、お伝えはするべき。そう判断した。

あとで、にするのは、今はまだちょっと行きづらいからだ。

坂野牧子さんが在宅だったとして。やりとりの声などが隣の赤田千早さんに聞こえてしまうかもしれない。別に問題があるわけではないが、それは赤田千早さんもいやだろう。お隣に誤配してしまって、と僕が明かさなくてもいやだと思う。赤田千早さん自身は知っているわけだから、何となく気詰まりな感じにはなるはずだ。

そうはさせたくない。

ということで。

数十軒の配達をすませ、およそ一時間後にフォーリーフ四葉へと戻った。赤田千早さんがすでに出かけてくれたことを期待して。

今から、と言っていたから、もう出かけていてもおかしくない。出かけていなかったとしてもそれはそれ。ある程度時間は経っているから、やりとりの声が聞こえたとしても気詰まり感は減るはず。

二〇三号室は、六年前まで四葉小学校にいた栗田友代《くりたともよ》先生が住んだ部屋だ。その後、高木志織《たかぎしおり》さんという人が住み、今は坂野牧子さんが住んでいる。

幸いにも、今日は土曜。坂野牧子さんはいてくれる。

ウィンウォーン。

「はい」

「こんにちは。郵便局です。お手渡ししたいものがありますので、ちょっとよろしいでしょうか」

「ハンコいりますか？」

「それは結構です」

「出ます」

すぐにドアが開く。

赤田千早さん同様、坂野牧子さんの顔を見るのもこれが初めて。

二間のアパートであることとお名前の感じから、年齢がもう少し上の人だと思っていた。が、見た感じ、二十代前半。もしかしたら学生かもしれない。わからないものだ。やはり先入観はいけない。こうだろうと勝手に決めつけてはいけない。

「突然お訪ねしてすいません。こちら、郵便です。今日の配達分ではなく、昨日の分です。手ちがいがありまして、一日遅れてしまいました。申し訳ありません」

「あ、いえ」

封書を渡す。事情をよく理解できず、きょとんとしている坂野牧子さんに言う。

「もしもいらっしゃらなければ下の郵便受けに入れさせていただくつもりだったのですが、いらっしゃるなら、一応、ご説明を、と思いまして」

「あぁ。昨日は配達されなくて今日、ということですか」

「そうです。今日の配達分はありません」

「わかりました」

「では失礼します」と頭を下げる。

「わざわざどうも」

ゆっくりドアが閉まる。

坂野牧子さんの、きょとん、の奥には驚きもあったような気がする。春行？　と思ったのかもしれない。この世代の女性なら、その可能性は高い。

階段を静かに下りながら考える。

ともかく手渡しは終了。よかった。

のだが。

少しだけ残念なことが一つ。

手渡しが終了するまでは考えないようにしていたが。今の封書が昨日の郵便物だったということは、誤配したのは木下さんだということなのだ。

あの木下さんが誤配。あり得ない。でも、事実。昨日の四葉を担当したのは木下さん。

集合ポストだからこそのミス、かもしれない。二〇三の箱のすぐ隣が二〇二の箱。宛名確認をしなかったのではない。二〇三の箱に入れるつもりで二〇二の箱に入れてしまった。単なる入れまちがいだろう。

だから。

このことを木下さん本人に伝えるつもりはない。伝える必要がない。局に誤配を知らせる電話がかかってきたわけでもないので、もしそうならその電話を受けたであろう野原課長から木下さんに伝わるようなこともない。僕だけが知っていることだ。

ほかの社員やアルバイトさんになら言うかもしれない。いや。かもしれない、ではない。言う。ミスの再発を防ぐためにも。

でも木下さんはだいじょうぶ。特別扱いにはなるが、特別扱いをしていいレベルの人なのだ。

いいことではない。本当はよくない。それはわかっている。

が、木下さんにはお世話になったからという気持ちと、木下さんには少しも傷をつけたくないという気持ちがある。

特に後者は、どうしても、ある。

無事解決したので、そのことはすっかり忘れていた。

土曜日はカーサみつばのたまきの部屋に泊まり、翌日曜日はみつばのカフェ『ノヴェレッテ』に行って、ケーキを食べコーヒーを飲んだ。つまり、いつものように過ごした。

で、休み明けの月曜日。その夕方。

配達を終えて帰局すると、いきなり木下さんに言われた。

「平本、悪かったな」

「はい？」

「誤配」

「え？」

「先週。金曜の分か。フォーリーフの赤田さん」

「えーと、何で知ってるんですか？」

「おれ、今日も四葉だったろ？」

「はい」

「その赤田さんのとこにゆうメールがあったんだよ。たぶん、雑誌。かなりデカいやつ。だから集合ポストに入らなくて、手渡しした。そのとき赤田さんに聞いたよ」

「あぁ」

「まず、担当は別のかたでしたけど土曜日のあれはだいじょうぶでしたよねって言われて。おれはよくわからなかったから、訊き返した」

無理もない。木下さんは自分が誤配したことを知らないのだ。

赤田千早さんがそれを木下さんに言ってしまったこと。それも、無理もない。土曜日にあんなやりとりをして、月曜日にまた別のやりとり。人がちがうとはいえ、同じ郵便関係。赤田千早さんにしてみれば、触れないほうが不自然、かもしれない。ほかの配達員にも話は伝わっていると思ったのだろう。

その見方は正しい。伝わっているべきなのだ。同じお宅に別の誰かが誤配をしたりすることがないように。

でも僕は伝えなかった。木下さんへの妙な気遣いから。

まさかの展開。これは予想できない。ごまかせないものだ。

「それでわかったんだよ。おれの誤配だったんだろ?」木下さんは続ける。「言っといてくれよ」

「すいません」とまず謝る。「隣の坂野さんに手渡して無事終わったから、わざわざ言う必要はないかと。木下さんですし。単なるミスだと思ったので」

「だからこそ言うべきだろ。くり返さないように」

「そう、ですよね」

そうなのだ。わかってはいたのだ。

「おれも、自分がミスをしといて、うるせえな、なんて思わない。言わないとか、そんな遠慮はいらないよ」

「別に遠慮では」

「いや、遠慮だろ。それ以外の何ものでもない」

木下さんから見ればそうかもしれない。でも僕にしてみれば、ちょっとちがうのだ。僕自身の気持ちの問題。郵便配達員としての木下さんの価値を少しも下げたくない、という。

「おれも、ちょっとナメてたのかもな」

「はい？」

「みつばと四葉は覚えてるから通区はいらない、とか」

「あぁ。なしで普通にまわってたじゃないですか。最低限必要なことは僕も伝えましたし」

「でも実際こうなってるからな」

「それは、通区をしなかったからではないですよね」

「でも甘くは見てた。慢心のいい例だな」

「いや、慢心ではないような。というか、木下さんレベルならちょっとは慢心してもいいような」

「していい慢心なんてないよ」

それには、うぐっとなる。確かにそうだ。そんなもの、あるわけない。言っていい悪口などないのと同じだ。

「やっぱりあれだ、基本は大事だな」

「はい」としか言えない。

「その区のことはわかってるんだとしても、もう一回ちゃんと向き合うために通区をするべきなんだろうな。そういうのを全部含めて、基本なんだな」

「はい」とやはりそれしか言えない。

「無駄走りはしない。宛名確認は省かない。でも無駄に時間はかけない。おかげで再認識できたよ。おれは、たぶん、無意識に宛名確認を省いちゃってたんだろうな」

「省いてたわけではないんじゃないですかね。単なる入れまちがいですよ。集合ポストだからこその。一つズレちゃったっていう」

「そのズレの確認もしなきゃダメだよな。それも、したつもりになってたんだろ。まさに無意識に。一番こわいよな、それが。無意識だから気づきようがないし。そうなったのが、たまたまあの赤田さんのときだったんだ」

「ツイてなかったですね」

「ツキどうこうじゃないよ。はっきりとおれのせい。そういうのをさ、気づいた平本が正してくれよ。赤田さんと坂野さんに対しては正してくれたんだろうけど、おれにも正してくれ」

「はい。これからはそうします。そうさせてもらいます」

木下さんはおしゃべりをする人ではない。無駄走りはしないが、無駄話もしない。そんな木下さんがこんなに長く話すのは、それが無駄話ではないからだ。話す必要があることだからだ。

そんなことを思っていると。

木下さんが僕を見て、言う。

「前から思ってたけど、平本はさ」

「はい」

「おれを過大評価してるよ。評価しすぎ。おれ、カップとれないから」

「あぁ。ワールドカップ、ですか？」

「そう」

「それ、覚えてましたか」

「覚えてるよ。そんなこと言うのは平本ぐらいだし。この局に戻って谷にも言われたから、まだ言ってるのかと思った」

この谷は谷さんではない。美郷さんだ。今日はお休み。

「美郷さん、言っちゃいましたか」

「ああ。久しぶりに聞いて、笑ったよ。前もなかったけど、今もないんだろ？　配達のワールドカップ」

「ない、でしょうね」

「あれば狙うけどな」

「狙うんですか？」

「あるならな。平本も狙えよ」

「僕は無理ですよ。アジア地区予選で敗退。本大会には出られないです。その前に、日本代表になれない」

「そんなことないだろ」

「いや、絶対無理ですよ。この局で日本代表になれそうなのは木下さんぐらいです」

「谷さんならなれるかもな」

谷さん。これは美郷さんではなく、谷英樹さんだ。木下さんの口からすんなりその名が出る。ＬＩＮＥでつながっているというのはどうやら本当らしい。

「谷さんには悪いですけど、これまでで僕が見た最速は、やっぱり木下さんですよ。それは美郷さんも言ってました。ミスがないという意味でもダントツですよ」

「そのミスを、しちゃったわけか」

「でもほっとしました、木下さんも人間だとわかって」

「何だよ、それ」

「実はサイボーグなんじゃないかと、ちょっと思ってたので」

「サイボーグなら食堂でチキンカツを食わないだろ」

「あ、今日はチキンカツだったんですか？　A定食」

「ああ。Bはぶりの照焼き」

「ぶり！　だったら局に戻ればよかった。僕はぶりが好きなはずなんですよ」

「はずって何だよ」

「自分ではあまり意識してなかったんですけど、前に母親が言ってました。小さいころ僕はぶりが好きだったって」

「おれもぶりは好きだよ。だから今日もAとBで迷った。二秒迷って、A」

「二秒」

無駄に迷わない。そのあたりの決断も木下さんは速い。僕なら五秒は迷う。B。いや、やっぱりA？　いや、結局、B。なんてことになってしまう。

「まあ、ぶりはどうでもいいよ。言っとくけど、おれ、普通にミスするからな。誤配だって、年に何度かはする。いや、自分で気づいてないだけで、実はもっとしてるんだろうな」

「だとしても、その手のミスで評価は下がりませんよ。僕は今でも木下さんがカップを持ち帰ってくると思ってます」

「そうならいいとおれも思うよ」

「配達のワールドカップ。ほんとにできないですかね」

「平本が日本郵政に提案しろよ。郵便のＰＲのためにも第一回ワールドカップを日本で開催しましょうって」

そう言われ、日本郵政に勤める川田希穂さんに提案する自分の姿を思い浮かべる。春行のサインを渡し、これでどうにか、とお願いするのだ。

「それは、いいかもしれないですね」

「よくないよ。イカれたかと思われる。ほんとにするなよ、提案」

「しませんけど。頭の隅には置いときます。機会があれば、しちゃうかも」

「平本はやっぱり」

「何ですか？」

「変わってるな」

「そんなことないですよ」

「ワールドカップ」と言い、木下さんは前と変わらない感じで笑う。すっぱいものを食べたときのように顔をしかめて。「アホだ」

誤配は今度こそ解決。僕自身のせいで無事にではなかったが、どうにか解決。そう思った。

基本は本当に大事。木下さんが特別扱いに値する人であることは確かだ。でも実際に特別扱いするのはダメ。それは基本ではない。

その週の土曜は建国記念の日。祝日。だから通常の配達はなし。久しぶりの土日連休。

ということで、金曜の夜にたまきの部屋に泊まり、土曜の夕方にカフェ『ノヴェレッテ』でコーヒーを飲み、そこからゆるゆる歩いて四葉のバー『ソーアン』に行った。連休だからこそできる、ゴールデンコースだ。

バー『ソーアン』では、いつものようにビールを飲んだ。地ビール。四葉に会社がある蜜葉ビールがつくったビールだ。たまきは蜜葉エールで、僕は四葉スタウト。

ここでは必ずどちらも飲む。僕は黒ビールのスタウトを先に飲み、それからエールにすることが多い。先に黒でガッといき、あとで弱める、みたいな感じだ。バー『ソーアン』の常連である四葉自動車教習所教官の益子豊士さんのやり方をまねた。

乾杯してボトルの半分を空けたあたりで、たまきがバレンタインデーのチョコレートをくれた。十四日は僕が仕事で会えないから、前倒しでだ。

「はい、チョコ」とたまきが言い、

「ここで?」と僕が言う。

「そう」

「部屋でくれてもよかったのに。どうせまた戻るんだし」

「でもせっかくここに来るんだから、ここであげたいじゃない」

「そういうことなら、喜んで頂きます」と言って、頂く。

テープとリボンできれいに包装された丸い箱だ。真ん丸。

「ありがとう。いつもより大きくない?」

「大きい。今年はいつもよりいいのにした。言っちゃうと、五千円」

「五千円!」

「最近はずっと三千円だったけど、五千円。といっても、たまたま。お店で、これいいな、と思ったら、五千円だったの。まあ、いいか、とも思って、買っちゃった。アキはどうせ少しくれるから、わたしも食べられるし」

「にしても。五千円かぁ」

「十二粒らしいよ」

「十二粒! で、五千円!」

「一粒いくらとかいう割算はしなくていいからね。たぶん、十二粒全部が同じものでもないし」

「うーん。暗算は苦手だからしないけど。十二粒かぁ」

「アキが八粒、わたしが四粒ってとこかな。もらうわたしが言っちゃうけど」

「いや、半々でいいよ」

「それじゃ意味がない。わたしがあげた感じにならないよ。アキはホワイトデーにも何かくれるし。去年みたいにネックレスとかだったら、わたしは半分あげられないじゃない」

「あげなくていいんだよ」

「なのにチョコはわたしが半分もらったら、アキの損」

「損じゃないでしょ。一緒に食べたいだけなんだから。それが僕の希望でもあるんだし」そこでまた言ってしまう。「にしても五千円。もしかして、トリュフとかが入ってたりするの？」

「入ってないよ。合わないでしょ、さすがに」

「でも、よく聞くよね」

「トリュフチョコ？」

「うん」

「あれは、トリュフに形が似てるだけ。だからそう呼ばれてるの」

「そうなんだ。知らなかった。というか、そもそもトリュフをよく知らないけど。珍味、だよね？」

「うん。世界三大珍味。きのこ」

「あ、きのこなんだ」

「って、そこから？」

「だって、食べたことないし」

「一度ぐらいあるでしょ」

「知らないうちに食べたりしてるのかな」

「知らないうちに食べるものでもないけどね。トリュフなら、食べさせる側はむしろ知らせたいわけだし。ほらほら、トリュフですよ～って」

「そうか」

「じゃあ、今度食べよう。食べに行こう」

「でも高いんでしょ？」

「じゃあ、行くだけ行って、そんなに高くなかったら食べよう。高かったらほかのものに逃げよう」

「うん。で、あとの二つは何だっけ」

「ん？」

「三大珍味」

「あぁ。キャビアとフォアグラ」

「その二つなら何となくはわかるけど。何だっけ」

「わかってないじゃない。キャビアはチョウザメの卵で、フォアグラはガチョウの肝臓」

「チョウザメがもうわからないよ。その名前ってことは、サメなの？」

「いや。これも形が似てるだけで、実はサメじゃないらしいよ」

「何だかややこしいね。トリュフチョコにトリュフは入ってなくて、チョウザメはサメじゃない。サメでなきゃ、何？」

「わたしもよくわかんない。とりあえず、何か、魚なんでしょ」

「まあ、チョウザメのことはいいか。今はチョコ。とにかくありがとう。あとで頂きます」

「わたしにもちょうだいね」

「もちろん。帰ったら部屋で食べよう。まずは二粒ずつかな。もったいないから、残りは明日」

そんなことを言い合いながら、つまみにもらったチーズの盛り合わせを食べる。

いつものように、たまきはモッツァレラとカマンベール、僕はゴルゴンゾーラとチェダー。ここの盛り合わせはちょうどいいのだ。僕らに適した組み合わせ。たまき秋宏仕様。

「あ、そういえば」とたまきが言う。

「何？」

「言うの忘れてた。横尾《よこお》さんに本をもらったよ。サイン本」

「横尾成吾《せいご》さん？」

「そう」

たまきの下の部屋、カーサみつばの一〇一号室に住む作家さんだ。小説家。今、四十代後半ぐらい。

たまきは横尾成吾ファンだ。本を何冊も持っている。

といっても、横尾さんが下に住んでいるからファンになったのではない。もとから好きだった横尾さんが、たまたま下に住んでいたのだ。

そのことをずっと知らずにいる可能性もあったが、というか普通に考えればむしろその可能性のほうが高かったが、僕が受取人の横尾成吾さんを作家横尾成吾さんだと知ったのをきっかけに、紆余曲折あって、知ることとなった。考えてみれば、それもちょっとした奇蹟だ。

「発売当日にね、わざわざ二階のわたしの部屋を訪ねてきて、くれたの。これどうぞって。新作。『君はいつもグレー』」

「そういうタイトルなんだ？」

「そう。自分のカノジョを信じきれないカレシの話。小さいあれこれで、浮気をしてるんじゃないかっていちいち疑っちゃうの。いつもグレーゾーンにいるように見える。その意味で、グレー」

「もう読んだの？」

「もらってすぐに読んだよ。すごくおもしろかった。あとで貸してあげる」

「いいよ」

「何でよ。読みなよ」

「読むけど。借りるのは悪いから、僕は買うよ」

「あぁ。そういうこと」

「借りちゃったら、二人が読むのに横尾さんには一円もお金が入らないし」

「確かにそうだ。じゃあ、わたしが買って、アキにあげるよ」

「いや、それは変でしょ。もう持ってるのに」

「でもファンのわたしが買うべきでしょ。で、横尾さんの本の売上に貢献する」

「僕も貢献したいから、自分で買うよ。せっかく横尾さんがたまきにくれたんだから、その厚意を無駄にしないためにも」

「わたしが買っても無駄にはならないよ」

「そうだけど。まあ、僕が買うよ」

「じゃあ、わたしがそれを横尾さんに言っとく。カレシが買いましたよって」

「そうだね。それがいい」

たまきは蜜葉エールを一口飲んで、言う。

「初めはね、サイン本ではなかったの」

僕は四葉スタウトを一口飲んで、言う。

「どういうこと？」

「作家さん本人が目の前にいるから、わたしがサインをお願いしたの。せがんじゃった。本にサインしてくださいって。速攻で黒のマーカーを用意した」

「あぁ」

「横尾さん、サインしたら古本屋さんに売れなくなっちゃうよ、なんて言ってんの。著者なのに」

「たまきは何て？」

「売りませんよ、売るわけないですよって」

横尾さんなら、確かにそんなことを言いそうだ。

ワンルームのアパートに住む作家さん。本人にそう訊いたわけではないが、ワンルームに住むからには未婚なのだろう。いや、もしかしたら。あそこは仕事部屋としてつかっているだけなのか。

と思っていたら、たまきが言う。

「四十代で未婚の一人暮らし。でも悲愴感はないって、何かすごいよね」

「未婚なの？」

「そう」

「聞いたの？」

「聞いてはいないけど。インタヴューとか読めばわかるよ。結婚してる感じはない。そういうことには興味がないのかもね。って、それはわかんないけど」

僕がたまきと横尾さんのことをあれこれ話すようになってから。横尾さんは、『トレイン・ソング・ソング』と『川は流れるよ』という小説を出した。『トレイン・ソング・ソング』は、列車のうたのうた、という意味だそうだ。

その二作は、今ああ言っておきながら、たまきに借りて読んでしまった。どちらもおもしろかった。大いに楽しませてもらったので、そして僕も横尾さんの小説が好きであることがわかったので、お試し期間はそれで終了。今回の『君はいつもグレー』は自分で買う。

ビールの二本めは、僕が蜜葉エールで、たまきが四葉スタウト。入れ替わる。

たまきが二杯めもビールにするのは珍しい。訊いてみたら。スタウトも好きになったのだそうだ。エールは初めから好きだったが、スタウトは飲んでいるうちに好きになったという。

同じものをカノジョと一緒に飲める。味を共有できる。いい。

そして僕らはいつものようにアボカドバーガーを頼む。これも共有、というか共食するつもりで。

フォーリーフ四葉に住む増田佳世子さんもブログ、かよかよマヨマヨで絶賛した、重量感のあるハンバーガーだ。僕らは毎回それを一つ頼み、分けて食べる。

マスターの吉野草安さんがカウンターの内側でパテを焼く。

そのあいだ、ほかの仕事はすべて店員の森田冬香《もりたふゆか》さんがこなす。

二人は言葉のやりとりもするが、視線のやりとりもする。いわゆるアイコンタクトだ。あのお客さんのグラスは下げていいかもしれないね。了解。そんなやりとりをしているのだと思う。

でもそれとはまた別のやりとりをしているように見えることもある。何というか、人と人としてのやりとり。マスターと店員、ではなく、人と人。もう少し言えば、男と女。男性と女性。

吉野さんは五十代後半。二人の子どもがいる。息子の維安さんと娘の叙安さんだ。

スカイマップ・アソシエイツのギタリストとドラマー。その母親は、宮永小夜子《みやながさよこ》さん。

吉野さんはその小夜子さんと離婚している。でも付き合いは続けている。このバー『ソーアン』、オーナーは小夜子さんで、吉野さんは雇われマスターなのだ。ここは小夜子さんの親御さんが所有していた土地だからそうなったらしい。

一方の森田冬香さんは三十代後半。こちらも離婚している。幹矢《みきや》くんという息子が一人いる。離婚を機にバー『ソーアン』に勤めるようになったそうだ。吉野さんとはもう長い。

歳の差はかなりある。親子ほど、と言ってもいい。でも二人はそれを感じさせない。

吉野さんが若いからということでもあるだろう。でも冬香さんも負けずに若い。何なら三十前後ぐらいにも見える。だから歳の差があることはわかる。なのにそれを感じさせない。

たぶん、お互いに年齢を意識していないのだ。する必要がない、ということかもしれない。人としての相性がいいから。

そんな僕の思いを察したかのように、たまきが顔を寄せ、耳打ちする。

「冬香さん、やっぱりマスターのこと好きだよね。絶対そう」

ちょうどそこへやってきた冬香さんが言う。

「あ、たまきちゃん、コソコソ話。何？」

あわてるかと思ったが、たまきはあわてない。すんなりこう返す。

「冬香さんは絶対にマスターが好きだよねって」

言っちゃうの？　とあわてたのは僕だ。

同じくあわてるかと思ったが、冬香さんもあわてない。すんなりこう返す。

「そりゃ好きでしょ。五十代にしてはカッコいいし」

というそれは冗談なのか何なのか。

冬香さんはさらにたまきに言う。

「よくない？　カッコ」

「いいです。こんなにカッコいい五十代は、ちょっといないですよ」

「だよね。五十代後半て、会社で言ったら部長とかなのに」

「下手したら、というかうまくいけば、常務とか専務とかですよ。って、まあ、五十代で係長の人もいるでしょうけど」

「マスターは雇われマスターだから、どちらかといえば係長かもね」

「いや、そんな」とこれは僕。

「でもカッコいいですよね」とたまき。

「うん。どんな専務とか常務とか部長とか係長とかよりカッコいい」

そこへ吉野さん本人も登場。

「はい、お待たせ」と言い、アボカドバーガーが載せられた皿をたまきと僕の前に置く。取り皿も置いてくれる。「三人で何の話?」

「わたしがマスターのこと好きって話」冬香さんがこれまたすんなり言う。

さすがにあわてるかと思ったが、吉野さんもあわてない。

「おぉ。うれしい」

というそれは冗談らしい。うれしいのは本気だが、冬香さんがそう言ったこと自体を冗談ととらえている、という感じだ。

それらすべてを含めて、お二人はやはりあやしい。

そして僕は、そのあやしさが本物だったらいいなぁ、と思っている。

直飲《じかの》みしている蜜葉エールのボトルをたまきのグラスにカチンと当てる。

ロックが流れているのに何故か静かな四葉の夜に、乾杯。


土曜日に四葉を担当するのは、赤田千早さんから誤配の封書を渡されたあのとき以来。

土曜日の四葉には何があるかと言えば、これがある。

今井貴哉《たかや》くんに会う。会って、微糖の缶コーヒーをもらい、今井家の広い庭にあるベンチに座って一緒に飲む。

もちろん、毎回ではないが、そうなる可能性は高まる。自身が家にいる土曜なら、貴哉くんはたいていそうしてくれるから。

今日もそう。

僕がバイクで庭に入っていくと、貴哉くんはすぐに出てきてくれる。待っていてくれた感じさえある。ありがたい。

「こんにちは」と僕が言い、

「こんにちは」と貴哉くんも言う。

貴哉くんはもうすでに二本の缶コーヒーを手にしている。

それが見えてしまっているので、僕もバイクから降りないわけにはいかない。貴哉くんに何か言われるまで待つというのも、何かヤラしい。

まずは貴哉くんに今日の郵便物を渡す。今井博利様宛はなし。今井容子《ようこ》様宛の封書が二通。

「はい。これね」

「うん。どうも」

そして今度は貴哉くんが僕に缶コーヒーを渡してくれる。

「はい」

「いいの？」

「うん」

「ありがとう」

郵便物と引き換えに缶コーヒーをもらうような感じで、ちょっと気恥ずかしい。郵便物を渡してほしければ缶コーヒーを寄こせ、と僕が言っているように見えなくもない。

ヘルメットをとり、バイクのシートに置く。公道ではなく、私有地。ヘルメットを後ろのキャリーボックスに入れたりはしない。

そして貴哉くんと二人、庭の隅にある青い横長のベンチのところへ行く。

そこは高台の端。国道の向こうのみつばの町が見える。その辺りが埋立地。今日も左方には三十階建てのマンション、ムーンタワーみつばがそびえている。

建てられたときは、高いなぁ、と思ったが、今は三十階建てなら高くもないらしい。四十階建てや五十階建てもあるそうだから。春行が住んでいるのがそれだ。渋谷区にある四十何階建てのタワーマンション。

この四葉にもいつかそんなマンションができるかもしれない。セトッチが勤める不動産会社もそうした町の整備計画に加わっているはずなのだ。

といっても、それをセトッチに聞いてからは結構時間も経つ。緑が多いこのままでいいような気もするが、どうなのだろう。今動きがないからといって安心はできない。そうしたことは、スタートしたら速いのだろうし。そして一度変わってしまったら、たぶん、町がもとに戻ることはないのだ。その変化が成功するにしても、失敗するにしても。

深呼吸をして、ベンチに座る。隣に貴哉くんも座る。

「いただきます」と同時に言い、やはり同時にコキッと缶のタブを開ける。

一口飲む。保温庫で温められた冬の今井家のコーヒー。うまい。いつも思うが、自販機やコンビニで買って飲むとき以上にうまい。

「おいしいね」と僕が言い、

「うん」と貴哉くんが言う。

去年の冬もこうしたが、今年はまたどこかちがう感じがある。

実際に、ちがうのだ。貴哉くんは中学生になった。なったと思ったらもう二月。一年生、が終わろうとしている。早い。

小六の去年から言っていたとおり、貴哉くんは中学で吹奏楽部に入った。友だちの鶴田優登《つるたゆうと》くんと一緒にサッカー部に入るほうを、ではなく、女子が多い吹奏楽部に一人で入るほうを選んだのだ。楽器はそこまで未経験なのに。中一でのそれはなかなか勇気がいる。でも逆に言うと、そこで軽やかな一歩を踏み出せるのもまた中一だ。

何度かここで会っていたので、吹奏楽部に入ったこと自体は聞いていた。やっている楽器はテナーサックス。音色が好きだから、という理由で貴哉くん自身が決めた。

サックスは、ベルギーのアドルフ・サックスという人がつくったからその名前になった。と、それも貴哉くんに聞いた。貴哉くん自身は吹奏楽部顧問の池見弓音《いけみゆみね》先生に聞いたそうだ。

まだ二十代の女性で、音大卒。弓音という名前になったのは決して偶然ではない。クラシックが好きだった両親が初めからヴァイオリンをやらせるつもりでそう付けたのだ。でも結局、池見先生自身がフルートを選んだ。そして今は四葉中で音楽を教えている。

缶コーヒーを一口飲んで、貴哉くんが言う。

「サックスを、買ったよ」

「ほんと?」

「うん。ずっと部にあるのでやってたんだけど、始めたらどうしても自分のがほしくなっちゃって。おじいちゃんが買ってくれた」

おじいちゃん。今井博利さんだ。僕ら郵便配達員に温かい缶コーヒーをあげるためにわざわざ保温庫を買った四葉の神。

「十万円だった」

「十万円！」

「それでも中古だけどね」

「そうなの？」

「そう。新品だと三十万円とかする」

「確かに、高そうだもんね、楽器は」

「だから、買ってもらう代わりに条件を出された」

「どんな？」

「三年間、というか三年生で部を引退するまでやめないこと」

「あぁ」

いい条件、かもしれない。

「初めさ、おじいちゃんが買ってやるって言ったら、お母さんが反対したんだよね。そんなに高いものを簡単に買ってあげちゃダメ、スマホを買ってあげたんだからそれもはダメって。おじいちゃんはいつも貴哉に甘いって、怒られてた」

お母さんというのは、容子さんだ。今井さんの娘さん。神の娘、女神。神はちょくちょくこの女神に怒られるらしい。

「でも、買ってもらえたんだ？」

「うん。その条件を聞いて、お母さんも、まあ、それならいいって。だからおじいちゃんは、ぼくのためにというよりはお母さんのために条件を付けたっぽい。あとで二人になったときに、貴哉、やめないでくれな、なんて言ってた」

それを聞いてちょっと笑う。やはり神は女神に弱いのだ。

「おじいちゃんのためにも絶対やめられないよ。それ、結構なプレッシャー。といっても、やめたくはならないと思うけど」

「ならないんだ？」

「うん。楽しいし」

神からのプレッシャー。僕ならとても耐えられないだろう。でも貴哉くんならだいじょうぶ。神の孫も神だから。

「自分でサックスを持ってると、やっぱりちがう？」と尋ねてみる。

「ちがうね。休みの日にも練習できるし」

「サックスって、音はかなり大きいよね？　どこで練習するの？」

「短い時間ならここでもするよ。思いっきりは吹かないけど」

ここは四葉。しかも今井さん宅。みつばの家々よりは敷地が広く、隣との距離もある。まあ、だいじょうぶなのか。音は聞こえてしまうだろうが、騒音とまではならないのかもしれない。

「でも長くやりたいときは神社に行くよ」

「僕がよく休憩するとこだ」

「うん」

バスの終点にもなっている四葉神社ではない。みつば第二公園と同規模の、小さいほう。正式な名前は知らない。

「あそこで一時間ぐらい吹くよ。たまに人が来て驚かれるけどね。その人がお参りするなら、ぼくはちょっと休む」

「じゃあ、そのうちあそこで会うかもね。会ったら聞かせてよ、演奏」

「いや、それはいいよ。まだ聞かせるほどうまくないし」

「聞いてないふりをするからさ、吹きはしてよ」

「ふりって言っちゃってるじゃん」と貴哉くんが笑う。

僕は想像する。

あの人けのない神社で一人サックスを吹く貴哉くん。カッコいい。絵になってしまう。何というか、神々しい。さすが神。

「でも楽しいなら、吹奏楽部を選んでよかったね」

「うん。自分が吹きたいように吹けたらもっと楽しいだろうなって思う。楽器はそれぞれちがうけど、先輩たちはみんなうまいよ。二年のタマ先輩とかイワタニ部長とか。早く追いつきたい」

タマ先輩は、野間口多麻《のまぐちたま》さんで、楽器はクラリネット。イワタニ部長は、岩谷才希《いわたにさいき》くんで、楽器はトランペット。だそうだ。

「岩谷部長なんてほんとにうまいよ。将来プロになれるんじゃないかって思う。たまに大人たちと演奏したりもするし」

「大人たちっていうのは？」

「地域の合奏団みたいな人たち。アマチュアだけど、一度聞きに行ったら、やっぱりうまかった。そこに交じった岩谷部長もすごくカッコよかったよ」

中学生のとき、先輩は雲の上の人に見える。たった一年上でもそう見える。自分がその歳になってもとてもああはなれないだろうと思ってしまう。でも、たぶん、なれるのだ。なっているのだ。そうなったときには、自分と過去の先輩をくらべたりはしないというだけで。

そして三十を過ぎてもなお先輩を雲の上の人だと思ってしまったのが、誰あろう僕だ。木下さんをまさに雲上人《うんじょうびと》だと思ってしまった。いや、何なら今もまだ思っている。

　貴哉くんは同じ一年生部員のことも話してくれる。

　男子は貴哉くんだけ。あとの二人は女子。渕《ふち》はんなさんと西脇理衣沙《にしわきりいさ》さんだ。楽器は、渕はんなさんがトロンボーンで、西脇理衣沙さんがフルート。その二人はピアノ経験者だが、それぞれトロンボーンとフルートは初めてだという。でもやはり音感はよく、上達も速いそうだ。

　だから貴哉くんはちょっとあせっている。

「自分のほうが下手なのは別にいいんだけどさ、合奏だから、ずば抜けて下手だと周りに迷惑をかけちゃうんだよね。こないだ、池見先生に訊いちゃったよ」

「何て？」

「そのまま。ぼくは迷惑をかけてないですか？　って」

「そう訊いたの？」

「うん」

「先生は、何て？」

「かけてないって。どんどんうまくなってるって」

「じゃあ、いいじゃない」

「でもどうもうそくさい。ぼくに自信を持たせようとしてるっぽい」

「そんなことないでしょ」

少しはそれもあるのかもしれないが、その言い方ならほぼないような気がする。池見先生にしても、貴哉くんがうまくなっているのが事実なら、そう答えるしかないのだ。

そして今度はこれを尋ねてみる。

「鶴田くんはどうなの？　サッカー部で」

「三年生が引退してからはレギュラーになったよ」

「そうか。一年生でそれはすごいね」

「でもやりたいポジションはやれてないみたい」

「どこ？」

「フォワード。しかたないんだよね。リュウセイ先輩っていうすごい人がいるから」

「すごいんだ？」

「うん。サッカー部とは関係ないぼくも知ってるくらいだし」

古江流星《ふるえりゅうせい》くん、だという。配達をしているから僕も名前は知っているが。すごい子だったのか。

「強い私立の高校に、今から声をかけられてるらしいよ」

「へぇ。そんなに」

「鶴田くんも、流星先輩が引退するまでは無理って言ってた。勝てるわけないって」

まあ、なかにはそんな人もいる。本物の、雲上人だ。

でもそうやって、自分が敵わない人もいるのだと知ることも大事。早いうちに知ることで、自身の選択も変わってくる。

「チョコの話もする？」と貴哉くんが言う。

「ん？」

「バレンタインのチョコ」

「あぁ。聞かせてくれるなら」

貴哉くんがそんなことを言うのは初めてだ。これまでは、そんなことは言わずに話してくれた。チョコもらったよ、という感じに。自分から。

やはり中学生になったのだな、と変なところで実感する。

「曽根《そね》ちゃんからもらったよ」

「曽根弥生《やよい》ちゃん？」

「うん」

入試に合格して私立中に行った子だ。貴哉くんの初恋の人。僕で言えば、出口愛加ちゃん。

小四のときに貴哉くんは初めて曽根弥生ちゃんからチョコをもらった。義理チョコ以上本命チョコ未満、といった感じのチョコだ。

去年は、バレンタインデーが日曜だったので、もらえなかった。でも曽根弥生ちゃん自身が、学校がある日ならあげてたけど、と言ったそうだ。それは実質もらったのと同じ。僕はそう解釈した。

で、中学生になった今、ともにスマホを持った二人は、学校こそちがうが、頻繁にＬＩＮＥのやりとりをしている。

「チョコは、どうやってもらったの？」

「どうやってって？」

「会ったの？」

「うん。さすがに送ってきたりはしないよ。あ、でも、郵便をつかったほうがよかった？」

「いや、それはいいけど」と笑う。

「直接くれたよ。あの神社で」

「あ、そうなんだ」

「うん。あそこで待ち合わせた」

「サックスは？」

「吹かないよ。持っていってもいない。そこで吹いたら、イタい人でしょ」

去年聞いた話だと。曽根弥生ちゃんは私立中で美術部に入ったらしい。音楽と美術。合いそう、と聞いたそのときは思ったが。それはわからない。趣味は合っても気は合わない。そんなことはある。逆に。趣味は合わなくても気は合う。そんなこともある。貴哉くんと曽根弥生ちゃんは、どちらも合う二人になってほしい。

「あとね」
「うん」
「同じクラスのシロクラさんて人からももらったよ。チョコ」
白倉聡香《しろくらさとか》さん、だそうだ。貴哉くんのバレンタインチョコ関係では初めて聞く名前。

やはり中学生になるといろいろある。その時期から、人は明確に恋路を進むようになるのだ。

貴哉くんはほかのあれこれも話してくれる。

例えば鶴田くんは小久保夢乃《こくぼゆめの》ちゃんと付き合っているという。

二年前。ここへ配達に来たらバーベキューパーティーが催されていたことがある。で、そこは神の今井さん。当たり前のように、僕にお昼をごちそうしてくれた。それは貴哉くんの友だち男女数名を集めてのものだったのだが、そのなかに鶴田くんも小久保夢乃ちゃんもいた。だから顔もわかる。

でも貴哉くんによれば。小四のときにチョコをあげた亀川心絵《かめかわここえ》ちゃんもまだ鶴田くんのことが好きらしい。恋路、早くも入り組んでいる。

貴哉くん自身も、曽根弥生ちゃんのほか、磯貝凜《いそがいりん》ちゃんや井手真昼《いでまひる》ちゃんからチョコをもらったことがある。その彼女たちの想いが再燃しないとも限らない。

中学生。これから大変だ。楽しいことは楽しいだろうが、大変。

でもちょっとうらやましい。人への好きという気持ちは、活力になるから。実際、僕自身の人を好きという気持ちも、三十を過ぎた今なお、活力になっているし。

缶コーヒーを一口飲む。苦くて微かに甘い。微糖。

もうこれを何本飲んできたかなぁ、と思う。

いきなり貴哉くんに訊かれる。

「郵便屋さんはさ、あの人と結婚しないの？」

「え？」

あの人。たまきだ。

今井さんがカーサみつばの大家さんだから、貴哉くんもそこに住むたまきが僕のカノジョであることを知っている。さすがに会ったことはないが。

僕もたまきに貴哉くんのことを少しは話している。今井さんに似て神っぽいこととか、まさにこのバレンタインチョコ事情とか。

「おじいちゃんも言ってるよ。郵便屋さんがウチのアパートの人と結婚してくれたらうれしいなぁって」

「言ってるの？」

「うん。お母さんも言ってる。結婚してくれたら、ただ配達してもらってるとき以上に縁が深くなりそうって」

「そんなふうに言ってもらえるとうれしいよ」ついでにこんなことを訊いてみる。「貴哉くんはさ、将来結婚したい？」

「今はよくわかんないよ」

「そうか。そうだよね」

「でもするんでしょ。と、そう思ってるってことは、したいのかな」

貴哉くんが曽根弥生ちゃんと結婚できたらいいな、と思う。

まあ、どうなるかはわからない。僕も初恋相手の出口愛加ちゃんと結婚することにはならなかった。早く知り合いすぎると、それぞれにいろいろなことが起きてしまうのだ。何せ、人は動くから。でもそうなることで、また新たな人と知り合える。知り合って、まさに縁を、関係を深めていくこともできる。

微糖の缶コーヒーを飲み干して、立ち上がる。

「ごちそうさま。どうもありがとう」

同じく貴哉くんも立ち上がる。

「はい」とこちらへ手を出す。

空き缶を渡す。

「いつも悪いね。今井さんにもありがとうございますと言っておいて。お母さんにも」

「うん。言っとく。いつも言ってるよ、ちゃんと」

そうなのだと思う。貴哉くんなら、郵便屋さんがお礼を言ってたよ、と毎回ちゃんと言ってくれているだろう。誰々によろしく言っておいて、みたいなことを言っても、言われたほうは案外よろしく言わないものだが、貴哉くんは言ってくれる。そういうことを疎かにしないのだ。まだ中一だが、小一からの付き合いなのでわかっている。それがわかるくらいの縁なら、確かにもうできている。

バイクのところへ行き、ヘルメットをかぶる。

「じゃあ」と僕が言い、

「またね」と貴哉くんが言う。

バイクのシートに座り、キーをまわしてエンジンをかける。

発進。今井家をあとにする。

そして旧竹屋敷のほうへ向かう。

旧竹屋敷。渋井清英《しぶいきよひで》さん宅だ。

大げさでなく、本当に竹屋敷だった。屋敷と言うほど大きくはない普通の一軒家。でも柵に囲まれた敷地全体に木がみっしり茂っていた。その多くが竹。外から家が見えないくらい、すき間なく生えていた。

当然、人は住んでいなかったが、そこへ、家主である渋井清英さんが戻ってきた。渋井清英さんは、今、七十前。一人で暮らしている。定年後もそのままさいたま市で働いていたが、やめたので、戻ってきた。それが二年前だ。

結果、四葉の竹屋敷は、この二年で四葉の竹家になった。いくらか竹が生えているだけの、きれいな家。渋井清英さんが時間と手間をかけてそうしたのだ。

ご近所さんだから、今井さんとも知り合い。幼少期から知っていたらしい。渋井清英さんは、歳上の今井さんを今も博利くんと呼ぶ。歳上の宮島くんを大地くんと呼ぶ仁藤亮一郎くんみたいなものだ。

今日は郵便物がないので、渋井さん宅の前を素通りする。

バイクの音を聞きつけた柴犬のトラが、ワンワン！　と吠える。

いつもの如く、二吠え。

あいさつをしてくれているように聞こえる。

ギターとピアノとベースとドラム。四人での演奏に、園田深《そのだしん》さんのひしゃげた声が乗る。

曲は『カメレオンのブルー』。アルバム『深《しん》』に収録されているから知っている。持っているのだ、僕も。

エレアコギターを弾いているのは、園田さん自身。といっても、ただコードを弾くだけではない。うたいながらかなり複雑なこともやる。口と手を、それぞれが独立しているかのように動かせる。すごいな、と思う。やはりプロはちがうのだ。

ふと、中正人さんや畦地叶太さんのことを思いだす。

その二人も、プロのミュージシャンを目指していた。そして、そうはなれなかった。

中正人さんが住むアパート、四葉フォレストの前で偶然会ったとき、畦地叶太さんが言っていた。自分はプロになれないことがはっきりわかったからもうギターはやめたのだと。

そのプロになれたのが、園田さんだ。

最初に組んだヒポクラテス・コングロマリットというバンドは短命に終わり、その後、厳しい時期を過ごした。

ほかのバンドを組もうとしたり、ギターの講師をやってみたりもした。でもどれもうまくいかなかった。だからみつば局でアルバイトもしたのだ。配達は一人でやれるからいい、ということで。途中でいいメロディや詞の言葉が浮かぶと、携帯電話に録音していたらしい。『深』に入っている曲にはそれがもとになったものもあるそうだ。

今、バンドでピアノを弾いている女性とも、何と、配達中に知り合った。

指のケガでクラシックのピアニストになるのを断念したその人は、当時、化粧品のセールスレディをしていた。そして雨の日に営業車で販売先をまわっていたら、乳液の瓶などを道路に落として割ってしまった。

そこへ、配達途中の園田さんが通りかかったのだ。

園田さんはバイクから降り、ガラスの破片を拾うのを手伝った。下心ありありだったんだけどさ、と本人が言っていた。でもその人が音大出のピアニストであることを知り、下心の質は変わった。それで、今のこのバンドを組んだのだ。

うそみたいだが、本当の話。

バンド名は、デビューアルバム名と同じ。深《しん》。園田さんの下の名前だ。

吉野兄妹のスカイマップ・アソシエイツみたいなパンクバンドではない。ロック。

でもこの『カメレオンのブルー』のように、激しい曲はとても激しい。そして『祝福された道化師のワルツ』のような静かな曲はとても静か。メリハリがすごい。曲によって、園田さんはエレアコギターとエレキギターをつかい分ける。

深。僕はすごく好きなバンドだ。園田さんがいるから、とひいき目に見ているのでなく、好き。

それはたまきも同じだ。実際、今も隣にいる。

今日は三月三十一日。ライヴを観に行くことは初めから決まっていた。

僕は仕事だったが、開演が午後七時半で会場も蜜葉市から近いので、観に来られた。ライヴハウスよりはちょっと大きめ、といったホールだ。収容人員は、スタンディングで三百人程度。

明日も仕事だから、このあとにお酒を飲んだりはしない。ライヴが終わったらおとなしく帰るつもりでいる。

そのライヴの前に、ちょっと意外なことが起きた。

いや、別に意外でもないのだが。いざそうなってみると、実感としては、やはり意外。

異動になったのだ。ついに。

四月一日二日が土日。だからなのか、今日の夕方に言われた。野原課長から内々に。

だから明日は、朝、みつば局に行き、そこであいさつをしてから新しい局に行く。

たぶん、そちらではすぐに最初の通区をしてもらうことになる。

今日言われたぐらいだから、新局は遠くない。今住んでいる実家から通える。

ただ、蜜葉市ではない。そこからは離れる。

聞かされたときは、あぁ、そうなのか、と思い、微かに動揺した。

今年も動かなかった。今年も。また今年も。と、このところ毎年思っていたが、動くときはあっけない。今日はみつば局で、明日はもうちがう局。異動とはそんなものだ。

深の演奏を聞きながら、考える。配達に集中していながらも頭の余白でほかのことを考えるみたいに。

みつば局にいたのは丸九年。十年はいられなかった。

僕なんかが偉そうに言うことでもないが。木下さんがいればみつば局はだいじょうぶ。

そう言ったうえでこうも言ってしまうが。この人の代わりはいない。そんな郵便局員はいない。それは木下さんでさえ、そう。

配達が極めて速いのは木下さんの能力であり、個性でもある。が、代わりはいる。

木下さんがいないから配達が滞る。そうはならない。郵便というシステムはそんなことでは揺るがない。それで揺らぐようではダメなのだ。

そういう部分も含めて、僕は郵便が好き。みつば局とは離れてしまうが、郵便とは離れない。本当にさびしくなるのは、郵便と離れるときでいい。

つまるところ、ものごとは続いていく。何かが終わったら、何かが始まる。さよならは始まりの言葉なのだ。

ライヴの最後。アンコール曲の『新しき旧世界』も終わった最後も最後。

ステージからマイク越しに園田さんがこんなことを言う。

「平本、また来てな」

たまきと僕は最前列にいたりしたわけではない。正面ではあるが、中ほどの位置。広くはない会場だからか、園田さんは気づいていたらしい。それはまた、春行似の僕の顔のおかげ、であったかもしれない。

会場を出ると、たまきと二人、駅までの道を並んで歩いた。広くはないが狭くもない歩道だ。街灯はあるが数は少ないのでやや暗い。そんな歩道。

「みつばまで送るよ」

「いいよ。アキは明日仕事じゃない。新しい局に行くんでしょ？」

「そうだけど。もう遅いし」

「まだ九時半。遅くないよ。しかもわたし三十四。一人で帰れない歳じゃない。そうなってもう長いよ」

そうなのだ。たまきは三十四。一人で帰れない歳ではない。そうなってもう長い。言う。

「たまき」

「ん？」

「もしよかったら、僕と結婚して」

「え？」

「もしよくなくても、結婚して」

「急に？」

「僕にしてみれば急にでもないよ。ライヴのあいだも考えてた。その前からずっと考えてたよ。年明けぐらいからはずっと」

「で、今？」

「うん」

たまきが横から僕を見る。

僕もたまきを見る。

たまきは前を見る。

僕も前を見る。意味はない。前を見ていないとあぶないからだ。

二人、歩きつづける。

たまきは黙っている。

僕が言う。

「いや？」

「なわけあるか。何年待ったと思ってんの」

「えーと、何年？」

意外にも、明確な答がすぐに返ってくる。

「七年」

「七年」僕は考えて、言う。「七年前って、付き合ってすぐのころ、じゃない？」

「そう」とたまきはすんなり言う。「わたしはね、アキとならいつ結婚してもいいと思ってたんだよ。失敗はないとわかってたから。アキがわたしと結婚したくなってくれるのをずっと待ってたの」

「ほんとに？」

「ほんとに」

あらためて、僕は隣のたまきを見る。

たまきも僕を見る。

立ち止まりはしない。やはり歩きつづける。前方にも注意を向けながら。立ち止まって正面から見つめ合ったりするよりはこのほうがいい。前に進んでいるたまきと、前に進んでいる僕。動いている僕ら。

「じゃあ」と僕。

「何？」とたまき。

「お待たせしました」言い直す。「大変お待たせしました」

たまきはゆっくりと笑顔になり、言う。

「待った甲斐がありました」

ちょうど駅に着くので、そこからもう少し歩く。そう言ったわけではなく、手で示したわけでもないが、たまきは僕の意を汲んでくれる。

高架をくぐり、駅の向こう側へ。

よく来る町ではないが、土地鑑がなくもない。駅から少し離れれば、すぐに住宅地になるはずだ。

みつばの市役所通りのような広い通り。その広い歩道を行く。

「でも、ほんとに何で今？」とたまきが僕に尋ねる。

「神の許可が出たから。といっても、出たのは結構前だけど」

「神？」

「今井さん。と容子さん。と貴哉くん」

あの人と結婚しないの？　と貴哉くんに訊かれたことを話す。今井さんも容子さんもそれを望んでいてくれたことも話す。

話したうえで、言う。

「でもさ、だからこうしたわけじゃないからね。今言ったのは、僕が本気でたまきと結婚したいから。もういつしてもいいと思うようになったから」

「ライヴで昂《たかぶ》ったんじゃないの？」

「それも少しはあるかも」

「よかったもんね、すごく」

「うん。また行こうよ。園田さんもああ言ってくれたし」

「行こう。平本、もう来ないでな、と言われるまで行こう」とたまきは笑う。

「そう言われたらいやだなぁ」と僕も笑う。

「でさ」

「うん」

「どこに住むの？　わたしたち」

「あぁ。父親もすぐには帰ってこないから、僕の家は？」

「実家？」

「うん。好きなところを仕事部屋にしてくれていいよ。例えば春行がつかってた部屋とか」

「春行くんは、いいの？」

「だいじょうぶ。もう荷物もほとんどないし。二階なら、僕が一階にいても気にならないでしょ。なる？」

「ならない。ただ、みつばを離れるのも、何か惜しいな」

「あぁ。まあ、確かに」僕は思いつきを口にする。「もし何なら」

「何なら？」

「カーサみつばのあそこを仕事部屋として残しておくのもありかもね。たまきがそのほうがよければだけど」

「うーん。それだと、無駄にお金がかかっちゃうよ」

「でも、今と同じといえば同じだし」

「アキはそれでもいいの？」

「いいよ。というか、むしろそのほうがいいかも。異動はしちゃうけど、僕もみつばに居場所があるとほっとする。カフェ『ノヴェレッテ』にも行けるし」

「あぁ。『ノヴェレッテ』には行きたいね。もちろん、『ソーアン』にも」

「『ソーアン』は、みつばに住まなくても行くだろうけどね」

「カーサにいれば、今井さんとのつながりも保てるか。あと、横尾さんとも」

「契約の更新は、来年だったよね？」

「うん。来年の四月。いや、三月か」

「少なくともそれまでは残しておいてもいいんじゃない？　急ぐ必要はないわけだからさ。そのあとどうするかは、ゆっくり考えようよ」

「そうだね」

自分で言ってみて、思う。みつばに居場所があるのは、本当にいい。

すぐにではなくても。いつかみつばに住む、というのもありかもしれない。配達人だった自分が受取人になるのだ。例えば数年後、父が窪田一恵さんとこちらに戻ってくるようなことがあれば、そのときはそうしたい。その形ではないにしても、可能性は探りたい。

「ねぇ、アキ」

「ん？」

「最高」

「何が？」

「何がって。アキがよ」

「何で？」

「何でって。とてもいい配偶者さんだからよ」

「配偶者さん、か」

「もうそう言っちゃっていいよね？　プロポーズはすんだから」すぐにたまきは言う。「あ、でもわたし、ちゃんと返事してないわ」

「したでしょ」

「いや、してない。待った甲斐がありましたって言っただけ。だから、ちゃんと言うね」

「ちゃんと？」

「うん。わたし、喜んで結婚します。とてもうれしいです。アキがみつば郵便局に来てくれてよかったです。春一番の日にわたしの下着を拾ってくれて、本当によかったです」

「拾ってはいないけどね。僕が触っちゃマズいと思ったから」

「あ、そうだった。じゃあ、下着が飛ばされたのを教えに来てくれて、本当によかったです」

かつて片岡泉さんに言ったことを、何故か唐突に思いだす。

自分がいないところで地球がまわってても意味はない。そう思ってれば、いいんじゃないですかね。もちろん、地球は自分のためにまわってるわけじゃないんですけど、それでも、まずは自分あっての地球ですから。

片岡泉さんは、木村輝伸さんとの前に付き合っていたカレシさんとケンカをして、自分本位であることを責められた。そして、お前がいないほうが地球はスムーズにまわる、みたいなことを言われた。

実はその場に僕もいたのだ。郵便物が誤配されたとの苦情を受けて、メゾンしおさいの片岡泉さんの部屋を訪ねていたから。

でもそれは片岡泉さんの勘ちがいだった。誤配されたのは郵便物ではなく、他社さんの配達物だった。

事情がわかってもなお僕にそれを引きとってくれと言った片岡泉さんに、カレシさんがそのスムーズ云々を言った。だから、言葉はきついが、カレシさんがそうひどいわけでもない。カレシさんはそのとき、カノジョである片岡泉さんではなく、配達人である僕の味方だったのだ。

後日、片岡泉さんは僕に謝ってくれた。わざわざアイスまで用意して。

それが最初なのだ。片岡泉さんが僕に何かをくれた、最初。

その際に、僕はアイスを食べながら言った。カレシさんにきついことを言われて落ちこむ片岡泉さんに。地球云々のことを。

自分あっての地球かぁ。最高だね。と片岡泉さんは言った。

最低っぽい気もしますけどね。と僕は言った。

実際、最低っぽいよなぁ。と今も思う。

でも。そうなのだ。

自分あっての地球。

蜜葉でもそうだったし、これから行く町でもそう。

自分がいるところが、自分にとっての世界。その自分には、もうすでに三好たまきも含まれる。

今日も地球はまわっている。そして明日も地球はまわる。

右折を二度して駅に戻り、配偶者たまきをみつば方面に行く電車に乗せる。そこまではさすがに見送る。先に来た自分が乗る電車を一本やり過ごして。

たまきを乗せた電車がホームから去ったところで、スマホをパンツのポケットから取りだす。たまきにプロポーズして受け入れてもらえたことを春行に伝えるべく、電源を入れる。

明日の天気予報を見てからだな、と思ったら。

ニュースのこんな文字が目に飛びこんでくる。

春行と百波、結婚!

「えっ?」とつい声が出る。「ほんとに?」

速報、と書かれたその記事を読んでみる。

いわゆる電撃入籍。春行本人が認めたとあるから、どうやら事実らしい。似たような記事が、すでに三つも四つも出ている。

普段は利用することのない駅のホームで一人、ふっと息を吐き、笑う。

今電話をしたら、ニュースを見てかけてきたのだと思われるだろうな。

というその前に。

あちこちからかかってきているせいで、電話はつながらないかもしれない。

できれば直接伝えたかったが、ＬＩＮＥのメッセージにするしかなさそうだ。

僕自身の結婚を伝えるより先に、おめでとうを言おう。

いやぁ、それにしても。

まさかのタイミング。

さすがスター。

やっぱりすごいよ。春行。

この作品は、書下ろしです。
なお、本書に登場する会社等はすべて架空のものです。

みつばの郵便屋さん
そして明日も地球はまわる

小野寺史宜

2022年12月5日　第1刷発行

発行者　千葉 均
発行所　株式会社ポプラ社
〒102-8519　東京都千代田区麹町4-2-6
ホームページ　www.poplar.co.jp
フォーマットデザイン　bookwall
校正　株式会社鷗来堂
印刷・製本　中央精版印刷株式会社

N.D.C.913/296p/15cm　ISBN978-4-591-17582-8

P8101458

ポプラ文庫好評既刊

みつばの郵便屋さん

小野寺史宜

郵便配達員・平本秋宏には年子の兄弟がいて、今やちょっとした人気タレント。一方、秋宏は顔は兄とそっくりだが、性格はいたって地味、なるべく目立たないようにしているのだが……。「あれ、誰かに似ていない?」季節を駆けぬける郵便屋さんがはこぶ、小さな奇蹟の物語。

ポプラ文庫好評既刊

みつばの郵便屋さん　先生が待つ手紙

小野寺史宜

みつば郵便局の配達員・平本秋宏は、ある日、配達先のマンションで不思議な女の子と出会う。不登校の少女とのやりとりが温かい「シバザキミゾレ」、転校した教え子との約束を描いた「先生が待つ手紙」など4話を収録。季節を駆けぬける郵便屋さんがはこぶ、小さな奇蹟の物語、第2弾！

みつばの郵便屋さん　幸せの公園

小野寺史宜

少し宛名が違っていても届けられれば届けたい。でも、さすがにこれは……宛先も差出人も不明のハガキ。だが、チラッと見えた文面に「思い」を察してしまった秋宏は、かすかな手掛かりをもとに謎の受取人を探し始める。心優しいポストマンが繰り広げる小さな奇蹟の物語。好評シリーズ第4弾！

ポプラ文庫好評既刊

みつばの郵便屋さん　奇蹟がめぐる町

小野寺史宜

郵便配達員・平本秋宏の初恋相手がみつばの町に引っ越して来た。転入通知をみてどぎまぎする秋宏は、配達人と受取人の関係にすぎないと心を落ち着かせようとするが……。懐かしい人生が交錯する「奇蹟がめぐる町」など全4話。ハートフルストーリー、人気シリーズ第5弾！

みつばの郵便屋さん　階下の君は

小野寺史宜

みつば郵便局勤務七年目となった平本秋宏も、いよいよ三十歳。町の人たちからは何かと頼られる存在になっていたが、配達先でのアクシデントはいまだに驚くことばかり。一通の手紙に託された思いと街角の人間ドラマを柔らかく受け止めながら、今日も風の中をゆく――配達員の活躍を描く人気シリーズ、第6弾！

みつばの郵便屋さん　あなたを祝う人

小野寺史宜

みつば郵便局の配達員・平本秋宏はある日、市役所通り沿いに新しいお店ができていることに気づく。カフェ「ノヴェレッテ」、この町にできるはじめてのカフェだ。町の人たちは開店を楽しみにし、あちこちで話題にのぼる。次はあの店で会えたなら……。心優しきポストマンと人々の交流を描く人気シリーズ第7弾！